그분이 오신다

KB064014

안전가옥 쇼-트 16
김혜영 단편집

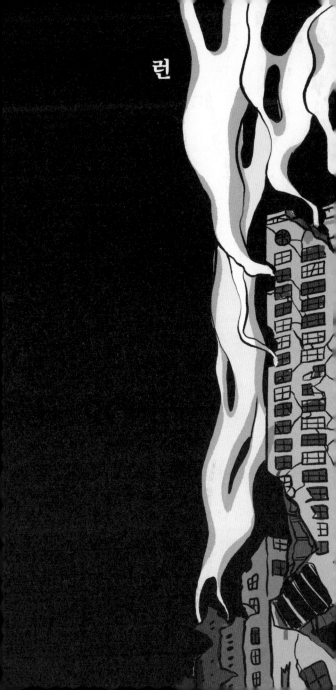
런

어릴 적 시력이 안 좋은 친구의 안경을 써 본 적이 있다. 친구가 보는 세상이 어떨지 너무 궁금해서. 도수 높은 두꺼운 안경알이 눈앞에 드리워지자 세상은 한없이 뭉그러졌다. 하늘도 울렁울렁. 땅도 꿀렁꿀렁. 보정된 시야 속 낯선 그 감각이 재밌어서 자주 빌려 쓰곤 했는데, 나이를 먹다 보니 눈 건강이 소중해져서 더 이상 빌리지 않게 되었다. 아니, 그보다 더 흥미로운 렌즈를 발견했다. 이름하여 알코올 렌즈다. 한 잔 두 잔 술잔을 기울이다 보면 어느 순간 세상이 좀 물렁물렁해진다. 약간은 거북하면서도 흥이 나는 어지러움. 딱 그런 기분이 들 정도로 술을 마시고 집으로 돌아가는 그 순간을 나는 좋아한다.

"근데 이러다 내가 실종되면 네가 마지막 목격자야."

- 나 그 장난 진짜 싫어.

"왜애. 기억해 줘. 내가 진짜 위험해지면 문자로 1을 적어서 보낼게. 아니다. 아이폰 키패드니까 1 대신 비읍을 칠 수도 있어. ㅂㅂㅂㅂㅂㅂㅂ. 이렇게 가는 거지."

- 아 쫌!

에어팟을 끼고 통화를 하며 밤길을 걸어가는 동안 나는 민아와 영양가 없는 농담을 주고받았다. 다른 사람은 몰라도 우리 둘만은 재밌는 우스갯소리. 민아는 재미없는 농담도 재밌게 나눌 수 있는 친구였다.

우리는 어렸을 적 같은 빌라 아래윗집에 사는 인연으로 친해졌다. 잠잘 때만 떨어지는 자매 같았는데, 신도시 개발 계획이 세워지고 우리가 살던 집들이 모두 재개발되면서 떨어지게 되었다. 우리 가족은 신축 아파트로 이사를 갔고 민아네는 구도심의 빌라로 집을 옮겼다.

같은 지역에 살지 않는다는 것.

이것은 나와 민아의 차이를 설명할 때 생각보다 중요한 배경이 되었다. 같은 학교 같은 교복을 졸업한 이후로 우리 사이에는 미묘한 간극이 생기기 시작했다. 지금 우리 사이의 거리는 버스 정류장 다섯 개만큼이지만, 언젠가는 더 벌어질지도 모른다.

그것이 두려워서인지 아니면 서로를 향한 우정이 깊은 덕인지 우린 사회인이 되었어도 이따금 서로의 집 근처 편의점에 번갈아 가서 캔 맥주를 마셨다. 이번엔 내가 민아네 동네서 놀다가 우리 집으로 돌아갈 차례였다. 우리는 암묵적 약속에 따라 서로가 집에 도착할 때까지 통화를 했다. 이유는 하나였다. 위험할까 봐.

　- 공원 길로 갈 거야?
　"응. 빠르잖아."

민아네에서 우리 집으로 가는 지름길은 우리 집 아파트 후문과 맞닿아 있는 공원을 가로질러 가는 것이었다. 나는 이 길을 좋아했지만, 민아는 질색했다. 공원 안 조명이 구리다는 것이 그 이유였다. 그도 그럴 것이 무슨 멋이라도 내려고 했는지 키 높은 가로등 대신 열 살 어린애 키만 한 높이의 조명이 간간이 설치되어 있어 조도가 너무 낮았다. 강아지 산책을 시키는 사람이 열 발자국 앞까지 와도, 사람 얼굴은커녕 커다란 형체가 어물어물 보일 뿐이고 강아지의 동그란 두 눈만이 어둠 속에서 빛나는 정도의 밝기라고나 할까. 두어 번 공원 길을 통해 돌아가 봤던 민아는 무언가를 마주칠 때마다 기겁했고 나한테 늘 공원 길은 좀 아니지 않냐고 말하곤 했다. 하지만 나한텐 그저 아파트 옆에 딸린 동네 공원일 뿐이었다. 좀 어두운 조명도 무드 있다고 넘길 만큼 이 길에 익숙해졌다. 더 밝은 곳을 걷겠다고 찻길 옆에서 매연 냄새를 맡으며 걷느니 은은한 풀 냄새 속에서 산책하는 게 나는 더 좋았다.

- 그래도 조심해. 요즘 애들은 밤중에 공원 정자에 몰려와서 담배 피우더라. 촉법소년 무서운 거알지?

"응~ 나도 지금 술 취해서 뵈는 거 없어."

- ….

"여보세요?"

- 응, 듣고 있어.

"방금 뭐야?"

- 일부러 여백을 줬어.

내가 여백의 의미를 묻자 민아는 너무 통화에 집중하다가 혹시라도 괴한의 발소리를 듣지 못하면 안 되니 중간중간에 주변 상황을 살필 수 있는 틈을 두는 게 중요할 것 같다고 말했다. 나는 그런 가정이 더 무섭다고 응수했다. 게다가 만약 민아가 걱정하는 상황이 이 밤에 벌어진다면 우리의 이 알량한 보디가드 놀이는 아무런 소용이 없을 것이다.

내가 아무리 조심을 한다 해도 괴한을 만난다면 나는 그대로 뒤져야 한다. 되도록 그런 일이 내 인생에 벌어지지 않으면 좋겠지만 범죄의 대상이 되는 것은 내가 조심한다 한들 피할 수 있는 문제가 아니라고 생각한다. 일단 상황이 벌어지면 벗어날

재간이 없다. 에어팟을 끼고 통화를 하든 하지 않든, 밤늦게까지 맥주를 먹든 먹지 않든, 밤길을 걷든 택시를 타든, 치마가 짧든 바지를 입든, 얼굴이 어떻게 생겼든, 머리가 길든 짧든, 여자든 남자든 마찬가지다. 나를 해할 만한 무언가가 눈앞에 당도한다면 비명과 발버둥과 도망이 무슨 소용일까. 이미 그것과 마주쳤는데. 나는 무언가를 대비해야 한다는 말들이 도리어 속박처럼 느껴졌다. 술에 취해 밤길을 걸어가는 기분 정돈 누리며 살고 싶었다. 그런 여유도 없이 사는 것은 너무 팍팍하지 않은가. 민아와 실없는 말들을 나누다 보니 어느새 아파트 후문으로 이어지는 공원 입구에 도착했다. 걷는 길이 아스팔트 바닥에서 고무 바닥으로 바뀌면서 풀 내음이 바람을 타고 콧속으로 훅 풍겨 왔다. 쏴아아— 나뭇잎들이 서로 몸을 부딪치며 떨어 대는 소리가 울려 퍼졌다. 그리고 그 속에 그들이 있었다.

"어."

마주침과 동시에 나는 굳어 버렸다. 민아는 공백을 한 번 주더니 왜 그러냐고 조심스레 물었다. 나는 민아의 물음에 대답하지 못했다. 선 채로 가위에 눌린 것처럼 아무 말도 나오지 않았다. 눈앞에 건장한 남자 여덟 명이 서 있었다. 한데 모여 있는 타인의 존재만으로도 압박감이 느껴졌지만, 그보다도 기이했던 점은 그들의 차림새가 평범하지 않다는 것이었다.

그들은 운동복 바지나 맨투맨 티 따위의 평범한 옷을 입고 있었지만, 다 어딘가 해지거나 찢겨 있었고 검붉은 무언가가 덕지덕지 묻어 있었다. 그러니까, 피였다. 그들의 얼굴은 죽음처럼 검은색이었고 시선을 가늠하기 힘든 눈동자는 공허처럼 하얀색이었으며 벌어진 옷자락 사이로 보이는 피부에는 새파란 실핏줄이 올라와 있었다. 그중 세 사람의 신체 일부분은 심히 훼손되어 있었는데 팔 한쪽이 없거나 갈비뼈가 드러나거나 얼굴 한쪽이 무너져 내린 모습이었다. 나는 이런 부류의 존재를 본 적이 있었다. 좀비였다.

- 지우야?

좀비라니? 갑자기 일상을 파고든 판타지에 나는 할 말을 잃었다. 누군가 정지 버튼을 누른 듯 온몸이 멈춰 버렸다. 유일하게 기능하는 것은 생존하는 데 전혀 쓸모없는 생각들을 쏟아 내는 뇌였다. 좀비는 상상의 괴물이니까, 귀신 같은 영적인 존재나 괴한 같은 범죄자를 두려워할 순 있어도 좀비를 일상생활에서 두려워하며 살 일은 없지 않나. 갑자기 술기운이 훅 올라온 걸까. 이게 무슨 말도 안 되는 일이냐고 억울해하기도 전에 한쪽 얼굴이 무너져 내린 한 좀비와 눈이 마주쳤다. 분홍빛 뇌가 태연하게 제 모습을 드러내도록 놔둔 그는 어떤 기괴한 비틀거림도 없이 평범하게 저벅저벅 내 앞으로 다가오더니 머쓱하게 입을 열었다.

"저, 사람이에요."
"예?"
"촬영하다 잠시 휴식 중이어서요. 지나가셔도 됩니다."

아. 고무줄 양쪽을 잡고 쭉 늘리다 한쪽 손을 탁 놓은 것처럼 모든 긴장이 풀렸다. 그제야 그들의 손에 들린 캔 커피와 빵 봉지가 보였다. 그들은 공원 입구에 마련된 동그란 화단 둘레에 앉았는데 그 뒤편으로 기다란 붐 마이크와 녹음 장비가 실린 검은 카트가 보였다. 하. 어이가 없어서 웃음이 나왔다. 에어팟 너머의 민아는 난리가 났다. 무슨 일이냐고, 무슨 일이냐고, 무슨 일이냐고. 좀비남은 친절하게 고개를 꾸벅 숙이고는 다시 제자리로 돌아가 빵 봉지를 뜯었다. 나는 발걸음을 옮겼다. 알딸딸하게 돌았던 취기가 온데간데없이 사라져 버렸다. 심장은 뒤늦게서야 쿵쿵 울리기 시작했다. 별일이 아니었음을 확인했지만, 발걸음은 어느새 빨라지고 있었다. 우스꽝스러운 해프닝이라 치부하기엔 뒤늦게 밀려온 공포가 여진처럼 온몸에 퍼져갔다. 그들로부터 멀리, 더 멀리 떨어져 공원 깊숙한 곳까지 걸어왔을 무렵, 숨소리가 거칠어질 만큼

런

빠르게 도망쳐 왔다는 것을 깨달았을 무렵에야 나는 민아를 찾았다.

"야야. 나 방금 뭐 봤는지 알아?"

- .

"존나 심장 떨어지는 줄. 좀비가 있었다니까? 우리 동네에서 촬영한대."

- .

"여보세요? 여백 주는 거야?"

- .

에어팟 너머로는 아무 소리도 들리지 않았다. 바로 핸드폰을 확인했더니, 전화는 끊어진 상태였다. 핸드폰 액정 화면 위로 민아의 메시지 수십 개가 떠올라 있었다. 왜 대답이 없냐, 부터 시작해서 정말로 무슨 일이 벌어진 것이냐, 장난이면 가만 안 두겠다는 말들이 이어졌다. 뒤늦게 나는 한쪽 귀가 유난히 휑하다는 것을 알아챘다. 손으로 양쪽 귀를 매만지며 제자리에서 한 바퀴를 빙글 돌았다. 왼쪽 귀에 꽂아 두었던 에어팟 한 짝이 사라졌다. 내 주변 바닥에는 아무것도 없었다. 그때 전화가 걸려왔다. 민아였다. 양손에 땀이 흥건해 액정에 터치가 잘되지 않았다. 한 차례 전화가 끊어지고 난 뒤 두 번째로 전화벨이 울렸을 때 비로소 나는 민아와 연결될 수 있었다.

- 너 왜 갑자기 아무 말도 안 해!

수화기 너머로 민아의 앙칼진 목소리가 울려 퍼졌다. 나는 고개를 푹 숙인 채 주변 바닥을 보며 자초지종을 설명했다. 민아는 화내다가, 어이없어하다가, 안도하다가, 이내 더 찾지 말고 집으로 돌아가라 충고했다.

"어떻게 그래. 얼마짜린데."
- 이제 주말인데 내일 찾아. 보이지도 않겠구만.
"얼마 안 뛰어왔으니까 지금 찾는 게 낫지."
- 그래도 김지우, 나쁜 놈 만나면 그냥 뒤져야 한다더니만 잘 살아남았네.
"막상 그런 상황이 오니까 몸이 안 움직이더라고. 그 왜 사람마다 공포 반응이 다르다잖아. 몸이 굳는 사람, 행동이 더 빨라지는 사람, 놀랄 만한 힘이 발휘되는 사람. 난 죽기 딱 좋은 타입이었어."
- 내가 볼 때 넌, 좀비 영화 속 캐릭터 중에 그런 타입이야. 좀비의 무서움과 잔혹함을 보여 주기 위해 물어뜯기는 행인 7.
"애매하게 행인 7은 뭐야?"
- 주목도 낮은 엑스트라?
"뭐야. 상상인데 기왕이면 주인공 시켜 줘."
- 그럼 다음번엔 굳지 말고 뛰어. 끝까지 살아남는 사람이 주인공이잖아.

민아의 목소리가 사뭇 진지해졌다. 정말 살아남

기만 하면 주인공이 될 수 있을까. 태어나 숨 쉰다는 이유만으로 박수 받는 사람은 없다. 가슴 뛰는 경험을 하고 눈에 띄는 성취를 이루어 내는 선택받은 인간만이 주인공의 기분을 누리며 사는 것이 아닐까. 나는 그런 이야기 속 인물이 되기에는 너무도 평범하며 하잘것없는 존재였다. 이 세상에서 내가 갖는 의미란 그저 한 명의 사람이라는 것뿐이었다. 신도시 인구, 여성 인구, 취업 준비생 인구, 그런 통계학적 집계에 포함되는 한 명. 어느 날 갑자기 사라져도 아무도 모를 1이라는 숫자. 문득 나는 주변인으로서 삶을 마무리할 것이라는 확신이 찾아왔다. 평균의 목표, 평균의 욕망, 평균의 고난 속에서 지지고 볶다 끝을 맞이하고 말 것이다. 나는 스스로가 뭔가 해낼 수 있으리라 기대하지 않았다. 그편이 살기에 더 편했으니까.

  - 대답해.

  민아의 재촉에 나는 그냥 알겠다고 대답했다. 늘 성장과 발전에 꽂혀 있고 주체적인 삶을 살아야 한다며 이런저런 활동을 하는 민아에게 속 이야기를 해 봤자 잔소리만 돌아올 터였다. 알 수 없는 미래를 대비하거나 꿈을 찾는 것보다 나에게 의미 있는 일은 잃어버린 에어팟 하나를 다시 찾는 것이었다.

  민아는 내일 낮에 에어팟을 같이 찾아 주겠다며 집으로 돌아가라고 다시금 충고했다. 나는 부러 밝은 목소리를 내며 괜찮다고 말하곤 잽싸게 전화를 끊었다. 좀비가 사람이라는 것을, 그것도 촬영 중이라는 사실을 알게 되자 묘한 안도감이 샘솟았다. 좀비 분장을 한 사람들이 여덟 명이나 있다면 좀비에게 쫓기는 주연배우와 촬영하는 스태프들을 합쳐 최소 스무 명 이상의 인원이 이 근처 곳곳에 있다는 뜻이 아닌가. 일하러 온 무해한 사람들이 공원 여기저기에 머무는 중이라고 생각하니 안전하다는 느낌이 들었다. 만약의 경우 그 사람들에게 달려가거나 우리 집이 있는 아파트 단지 쪽을 향해 달려가면 그만이었다.

나는 왔던 길을 되돌아가기 위해 걸음을 옮겼다. 동시에 핸드폰으로 포털 사이트에 들어가 '잃어버린 에어팟 찾는 법'을 검색해 보니 나 같은 사람이 꽤 되는지 금세 수십 개의 게시물이 나왔다. 내용은 간단했다. 아이폰 설정 내 '나의 찾기' 애플리케이션을 실행하고 연동된 에어팟을 터치한 뒤에 소리를 재생하면 끝이었다. 인터넷에 나온 내용대로 따라 하니 핸드폰 화면이 검게 물들고 이런 문구가 떴다. [신호 찾는 중. 다른 위치로 이동해 보십시오.] 지금 내가 있는 곳은 분실한 에어팟 유닛과 거리가 꽤 떨어진 장소인 듯했다. 블루투스로 페어링된 기기는 10m 이내에 있을 때만 발견할 수 있다는데. 떨어진 줄도 모르고 그만큼이나 멀리 도망왔던 것일까.

런

나는 핸드폰을 나침반인 양 들고서 또다시 걸었다. 주변은 고요했다. 나의 발소리만 유일하게 공원 곳곳에 울려 퍼졌다. 저 멀리 좀비남들이 앉아 있던 화단이 희미하게 시야에 들어왔다. 좀비남들은 촬영 현장으로 떠났는지 보이지 않았고 주위에 놓여 있던 촬영 기기들도 사라진 상태였다. 그리고 신호가 잡혔다.

[재생되는 사운드는 2분 동안 사용자가 재생을 중단할 때까지 음량이 서서히 높아집니다.]

액정 화면에 뜬 안내 사항을 확인한 뒤, 왼쪽 에어팟에 소리를 재생시켰다. 하지만 주변을 빙글빙글 돌아 봐도 소리가 전혀 들리지 않았다. 재생이 안 되는 건가 싶어 분실되지 않은 오른쪽 에어팟에 소리를 재생시켜 보았다. 띠띠띠. 띠띠띠. 간헐적으로 울리는 높은음이 제대로 들려왔다. 재생 기능은 정상적으로 잘 작동하는데 왜 내 왼쪽 에어팟 소리는 들리지 않는 걸까. 나는 다시 왼쪽 에어팟 사운드 재생 버튼을 누르고 핸드폰 라이트를 켜서 바닥을 꼼꼼히 살펴보았다. 소리가 들리지 않는 곳에 빛을 비춰 본다 한들 짠, 하고 에어팟이 등장할리는 만무했다.

- 띵.

갑작스러운 소리에 화들짝 고개를 돌리니, 민아에게서 온 메시지 알람이 핸드폰에서 울리고 있었다. 답장하지 않으면 민아가 전화할까 봐 얼른 확인했다. 걱정되는 마음 반 궁금한 마음 반으로 현재 촬영 중인 좀비물에 대해 찾아보았지만 어떤 드라마도 영화도 발견되지 않았다는 내용이었다. 우리 같은 사람들이야 극장에 영화가 걸리거나 방송 채널에서 드라마 홍보를 하기 전까지는 촬영 중인 것이 무슨 작품인지 알 도리가 없지 않나. 나는 민아에게 아직 촬영 중이라 마케팅 활동을 하지 않았을 뿐, 별문제는 없을 거라고 답했다. 아니면 감독을 꿈꾸는 청년들이 단편영화를 찍고 있거나 유튜버가 꿈인 사람들이 기획 방송을 하는 상황일지도 모른다고. 그들의 분장은 잠시나마 좀비 영화 속에 들어왔다고 착각할 정도로 생동감과 현실성이 넘쳤다. 그런 특수 분장은 아무나 할 수 있는 것이 아니었다. 만약 분장이 아니라면…. 그런 경우는 있을 수 없다. 내가 아는 한 인간이 그런 몰골로 살아 있기란 불가능하다.

나는 민아를 진정시키면서 잃어버린 에어팟을 찾을 만한 다른 방안을 찾아보았다. 핸드폰과 기기가 페어링된 상태라면 큰 소리를 재생시켜 보는 것도 방법이었다. 추천 검색어는 extremely painful sound. 구글에 이 검색어를 넣어 맨 위에 뜬 동영상을 재생시켰다. 그리고 잠시 주변의 소리에 집중

했다. 이번에도 들리지 않는다면 깔끔히 포기하고 집으로 돌아가 중고 마켓을 뒤지는 수밖에 없었다. 중고로 유닛 한 짝만 따로 사서 충전 케이스에 넣고 나면 원래 쓰던 유닛과 페어링이 가능해진다 하니 아예 새로 사는 것에 비하면 나름 리스크를 줄이는 길이었다. 하지만 아무 지출 없이 이 순간에 해결된다면 그보다 좋은 결말은 없을 터였다. 그러니 제발 비명을 질러 줘, 나의 28만 900원.

- 삐이이이이이이이이이이이이.

내 기도에 응답하듯 어딘가에서 기묘한 소리가 들리기 시작했다. 한순간 갑자기 찾아온 이명처럼 아주 얇고 높고 귓가를 찌르는 듯한 소리가 점점 음을 높이며 이어졌다. 역시, 더 찾아보길 잘했다고 스스로 뿌듯해하면서 나는 소리가 들리는 곳으로 조심조심 발걸음을 옮겼다. 한 걸음 두 걸음 이동할 때마다 서서히 커져 가는 소리에 보물찾기를 하는 사람처럼 설렘까지 느껴졌다.

하지만 어느 순간부터 나는 더 이상 앞으로 갈 수 없게 되었다. 점점 커지는 소리가 내가 단 한 걸음도 내딛지 않았던 곳에서 들려오고 있었다. 보도블록으로도 고무 바닥으로도 마감되지 않은, 작은 울타리 너머 흙과 나무들로 뒤덮인 저 깊은 어둠 속에서.

- 삐이이이이이이이이이이이.

왜 저런 곳에서 소리가 들리는 걸까. 조도가 낮은 조명조차도 없는, 나무들만 즐비한 어둠 속에서 대체 왜. 핸드폰을 꽉 잡은 손에서 땀이 배어 나와 미끈거렸다. 나는 옷에다 땀을 닦고선 동영상 재생을 멈춰 보았다. 당연하게도, 소리가 멈췄다. 나는 저곳에 간 적이 없었다. 시선을 내려 발밑을 바라보았다. 소리가 들리는 방향의 보도블록에는 검지 정도 높이의 턱이 있었고, 그 위로 맥주병만 한 높이로 우뚝 서 있는 잔디 보호용 초록색 펜스가 있었다. 설령 뛰는 사이에 떨어졌다고 하더라도, 혹여 발에 차여서 굴러갔다고 하더라도 이런 턱과 펜스를 넘어서 저 멀리까지 갔다는 건 말이 되지 않았다. 나는 다시 핸드폰으로 사운드를 재생했다. 지독하게도 똑같은 패턴으로 점점 고조되는 높은 음이 저 멀리에서 들려왔다. 하하. 잠시 웃음이 났다. 민아가 남긴 걱정들이 더 무거워져 가슴을 철렁이게 했다. 에이 설마. 나는 불안을 떨쳐 내려 고개를 저었다. 이내 좀비 역할을 맡은 조연 배우 중 하나가 에어팟을 가지고 갔을지도 모른다는 생각이 들었다. 이 가정이 진짜라면 무척 괘씸한 일이었다. 누구는 기분 좋게 취했다가 술기운을 다 날리고 이 밤중에 공원을 헤매고 있는데. 나는 원망으로 두려움을 밀어내며 펜스 너머로 발걸음을 옮겼다. 딱딱했던 공원 바닥에서 흙바닥으로 발을 옮기자 한층 푹신해진 질감이 느껴졌다. 한참 동안 비가 오지 않았는데 흙이 습기를 머금은 듯한 상태여서 어쩐지 이상했지만, 누군가를 향한 미움으로 마음을 무장하고 나니 그런 것들은 별로 중요치 않게 느껴졌다.

- 삐이이이이이이이이이이이이.

신축 아파트가 들어서기 전, 이곳에는 커다란 언덕이 있었다. 산이라기엔 규모가 작고, 공원이라기엔 수풀이 우거져 있는 그런 곳. 이름 모를 묘지들도 몇몇 개 있었다고 들었지만 호기심에라도 가 볼 생각을 딱히 한 적이 없어서 정확히 뭐가 있는지는 모르고 살았다. 공원에서 아파트 후문까지 가는 길에는 완만한 경사가 있는데 소리 나는 곳을 향해 걸어갈수록 이곳 또한 경사가 있는 곳이라는 느낌이 들었다. 사람들이 관리하는 나무는 울타리가 쳐진 곳 근처에만 있는 건지 숲 안쪽의 나무는 여기저기에 제멋대로 자라나 있었고, 오랫동안 방치된 듯 땅에는 키 큰 수풀이 무성했다. 그냥 지나다닐 땐 몰랐다. 아파트 부근에 이 정도로 깊이감 있는 공간이 있었나. 바깥은 평범한 공원인데, 안쪽에는 돗자리 하나 펼 수 없는 자연 상태의 숲이 존재하다니. 눈에 보이는 곳만 깔끔하게 정돈해 놓고 공원이라고 이름만 붙인 것 같다는 생각이 들었다.

이러니 좀비 영화를 찍으러 오지. 황당한 마주침이었지만 이렇게 어둡고 깊숙한 숲속을 걷고 있으려니 그들의 등장이 납득되기도 했다.

- 삐이이이이이이이이이이이.

반면 납득되지 않는 건 어느 순간부터 가까워지지 않는 이 소리였다. 마치 나와 같은 속도로 움직이는 것처럼. 먹잇감을 살살 유인하는 포식자처럼. 살아 있는 덫처럼. 이유를 알 수 없는 불안이 스멀스멀 뒷덜미를 타고 기어 올라왔다. 불현듯 속이 울렁거렸다. 별로 많이 마시지도 않았는데. 이 거북함이 그저 숙취의 영향인지 아니면 사방을 둘러보아도 빛 한 점 보이지 않는 나무들 사이에 있는 탓인지 판명하기 어려웠다. 나는 옆에 우뚝 선 나무에 잠시 몸을 기댔다. 얇은 티셔츠 너머로 딱딱한 나무껍질이 오롯이 느껴졌다. 팩 소주 한 팩을 민아와 나눠 마시고, 네 캔에 만 원짜리 편의점 맥주를 사서 고작 두 캔을 먹었을 뿐인데. 아르바이트를 끝낸 직후여서 피로한 탓이었을까. 평소보다 더 술에 취해 버린 것 같기도 했다. 그냥 집으로 돌아갈까. 그런 고민을 하던 찰나.

- 삐이이이이이**이이이이이이이이이**

나는 황급히 사운드 재생을 중단시켰다. 내가 걷는 속도에 맞춰 멀어지는 것만 같았던 소리의 크기가 달라졌다. 그것도 순식간에 가까워진 것이다. 소리가 사라지자 어두운 밤을 품은 숲은 숨이 막힐 정도로 고요해졌다. 나는 마른침을 삼켰다. 그리고 다시 한번 핸드폰으로 시끄러운 소리를 재생해 보았다. 거짓말처럼 큰 소리가 들렸다. 마치 누군가가 열 걸음 거리 앞까지 찾아온 듯이. 나는 황급히 소리를 껐다. 소름 끼치는 침묵 속에서 핸드폰을 든 손이 떨려 왔다. 어둠뿐인 눈앞엔 아무것도 보이지 않았다. 누군가가 다가오는 기적이 전혀 없었는데 소리가 왜 가까워진 걸까. 무릎만치 자란 잡초와 흙더미를 밟는 일 없이 움직일 수 있는 존재가 대체 어디에 있단 말인가. 나는 곧바로 몸을 돌렸다. 걸어왔던 길로 다시 돌아간다면 아무 일도 없을 것이다. 내딛는 발걸음이 빨라지기 시작했다. 에어팟을 가져간 범인이 좀비 역할의 배우든 뭐든 이제 상관없었다. 찾고 싶은 마음이 순식간에 사라졌다. 빠르게 뛰었는데도 길을 잃었는지 숲은 끝나지 않았다. 어디에도 빛이 보이지 않았다. 별일 아닐 거야. 그렇게 생각하며 나는 다시 사운드를 재생시켰다. 블루투스 연결이 끊겼기를 바라는 마음으로. 더 이상 소리가 들리지 않길 간절히 기도하면서.

- 삐이이이이이이이이이이이이.

소리는 당장 내 뺨에 닿을 만큼 가까웠다.

"누구 있어요?"

나는 소리쳤다. 되돌아오는 것은 침묵 속에 울리는 높은음뿐이었다. 처음부터 소리는 존재하지 않았고 그저 내가 이명을 듣고 있는지도 모른다는 착각마저 들었다. 그 순간에도 소리는 가까워졌고 커지는 볼륨과 반대로 심장은 한없이 쪼그라들고 있었다. 도망가야 한다는 생각 하나로 정신없이 뛰어가다 무언가에 부딪혀 넘어졌다. 멀쩡히 서 있는 나무에 부딪히다니 스스로가 한심하게 느껴진 것도 잠시. 흙 묻은 손을 털어 내며 일어났을 때 나는 나무에 부딪힌 게 아니라는 사실을 깨달았다. 그것에는 뿌리가 없었다. 숨을 삼키며 어둠 속에 드리워진 형상을 바라보았다. 시체? 목매단 시체? 누구라도 그렇게 인식할 만한 거대한 무언가가 나무에 매달려 있었다. 그리고 그건 시체가 아니었다. 그러니까, 이게 대체 뭘까. 뭐라 설명할 수 없는, 난생처음 보는 무언가가 거기에 있었다. 어둠보다 새까맣고 촉촉하고 주름지고 끈적이는 무언가. 성인의 몸만큼 크고, 침낭처럼 푹신하며, 생물의 살처럼 탄력을 가진 것이. 침낭의 지퍼를 내린 것처럼 벌어진 외피 안으로 한없이 텅 빈 공간을 품은 무언가가 나무에 매달려 있었다. 탈피를 마친 곤충의 껍데기인 것 같았다. 나를 향해 다가오는 건 이 안에서 나온 존재일까.

런

- 삐이이이이이이이이이이이이.

왜인지 어렸을 적 민아와 함께 여름방학 숙제로 곤충채집을 했던 기억이 떠올랐다. 숲이라 부를 수 있는 곳이 근처에 많았기에 우리에게는 비교적 쉬운 과제였다. 문방구에서 채집 망과 플라스틱 채집통을 사 들고 부푼 마음으로 매미를 찾으러 다녔다. 경쾌하게 울어 대는 매미는 다른 곤충에 비해 찾는 재미가 있었고, 까치발을 들고 매미채를 휘둘러 대는 것도 재미가 있었다. 매미는 저렇게 울기까지 7년의 세월을 땅속에서 인내해야 한다고 하던데. 민아의 매미채에는 덧없는 7년이 무수히도 많이 잡혔다.

반면 내가 휘두른 그물망에는 아무것도 잡히지 않았다. 텅 빈 채집통을 보니 무엇이라도 집어넣지 않으면 안 될 것 같았다. 헛된 휘두름 끝에 내가 얻은 것은 탈피를 마친 매미의 갈색 빈 껍데기였다. 조금만 힘을 줘도 바사삭 부서져 내리는, 알맹이라곤 하나 없이 어설픈 겉껍질만 겨우 유지하고 있는. 그것만으로도 나는 만족했고 그대로 숙제를 마쳤다. 아마도, 그때부터 민아와 내가 다른 사람이라는 사실을 어렴풋이 알게 되었던 것 같다. 내가 가질 수 있는 것은 이런 껍데기뿐이다. 그러니지금 이 상황도 알 수 없는 존재의 의미 없는 흔적만 발견한 채로 끝이 날 것이라고 생각했다. 그 존재를 직접 마주하거나 그에 맞서야 하는 상황은 나에게는 찾아오지 않을 거라고. 나는 그런 선택받은 인간이 아니라고.

눈앞에 놓인 거대한 허물을 부정하고 또 부정하는 순간에도 소리는 가까워지고 있었다. 이건 분명히 특수 제작된 더미 모형일 것이다. 사람들에게만 특수 분장을 해 놨을 리가 없다. 내가 부딪힌 것은 영화 미술용으로 만들어 둔 세트의 일종일 것이라고 상황을 정리했다. 그렇게 믿고 싶었다. 그 믿음을 끊임없이 되뇌지 않고서는 단 한 걸음도 나아갈 수 없을 것만 같았다.

- 짝.

나는 정신을 차리고자 양손으로 뺨을 내리치며 제자리에서 천천히 한 바퀴를 돌아 보았다. 소리가 나는 방향을 정확히 인식해야 했다. 청각에 온 신경을 곤두세우고 있던 그때, 그토록 듣고 싶었던 말소리가 들렸다. 사람이었다. 촬영하러 온 사람들이 분명했다. 그 소리는 끔찍하게 다가오는 사이렌 소리와는 완전히 반대 방향에서 났다. 그곳으로 가야 한다. 쿵쿵 심장이 뛰기 시작했다. 아직 달리지도 않았는데, 제대로 한 번 뛰어 보지도 못했는데 온몸에 심장이 달린 듯 신체의 모든 부위가 뛰어대는 것 같았다. 하지만 나는 또다시 굳어 버렸다. 한심하게도.

런

움직여. 움직여. 움직여.

내 몸을 움직이는 방법이 순간적으로 떠오르지 않았다. 바보같이 후들거리기만 하는 다리는 앞으로 나아갈 기미가 없었다. 차갑게 식은 땀이 등골을 타고 흘러내렸다. 끔찍하게 높아진 음이 고막을 찢을 듯이 가까이 다가왔다. 소리가 나는 곳은 바로 내 뒤였다.

까드득.

무언가가 짓이겨지는 소리가 들렸다. 핸드폰을 터치하지 않았는데 사이렌이 멈췄다. 소리를 씹어 버리는 듯한, 질척한 액체와 날카로운 이빨이 맞부딪치는 소리가 이어지더니 이내 그 소리마저 끊겼다. 세상의 모든 소리가 삼켜진 듯한 완전한 정적. 나는 온 신경을 발가락으로 돌렸다. 몸 전체를 움직이는 방법이 기억에서 멀어져 버렸다면, 엄청난 기지도 힘도 발휘할 방도가 전혀 없는 상황이라면 발가락 하나만이라도 내 마음대로 다뤄 보고 싶었다. 그러면 무언가 할 수 있을지도 모른다고. 이 괴이한 존재를 뒤에 두고 발가락이라도 움직인 유일한 주인공이 될지도 모른다고. 그렇게 되면 살아남을지도 모른다고 생각했다.

땀방울이 살갗을 타고 흐르는 소리까지 들릴 것만 같은 고요 속에서, 저 멀리 내가 절대로 다다르지 못할 것만 같은 곳에서, 한순간의 희망 같은, 절대로 잡히지 않을 끔찍한 신기루 같은, 빈 껍데기 같은 내 온몸에 터질 듯이 들어차는 욕망을 부르는, 내 모든 근육을 조여 오는 신호가 울렸다.

"레디, 액션."

상처는 재미있다. 꿰매고 덮으면 시간이 지나 낫는 그런 상처 말고, 한 사람의 생애가 찢겨 버리는 상처. 다들 그런 게 좋아서 영화도 드라마도 보는 게 아닌가. 픽션의 세계에서 골라 먹던 상처의 맛을 잊지 못한 사람들은 현실 세계에까지 혓바닥을 들이민다. 불행만 골라 핥아 대는 개미핥기. 내가 하는 일은 그들을 위한 달콤한 벌레를 준비하는 일이다. 일종의 엔터테인먼트 사업이라고 할까.

"그러니까, 직업이 어떻게 되신다고요?"

"유튜버요. 유튜버 아세요?"

한 평 남짓한 상담실 안. 좁다란 테이블 맞은편에 앉은 매니저가 삼색 볼펜 끝에 달린 빨간 노브를 밀었다. 달칵이며 빨간 펜촉이 고개를 내밀었다. 그녀의 앞에는 내가 작성한 두 장의 문서가 있었는데 하나는 자기소개서였고 하나는 희망 상대의 조건을 적는 서류였다. 매니저는 먼저 내가 자기소개서 직업란에 적어 둔 '엔터테인먼트 사업가'란 글씨에 빨간 펜으로 두 줄을 쭉쭉 긋고는 '유튜버'로 바꿔 놓았다. 고졸 검정고시를 보지 않아 중졸로 마무리된 내 학력을 보고는 시험을 치러 볼 생각이 있느냐고 물어보았고 나는 그럴 마음이 없다고 답했다. 이번에는 학력 옆에 '(검정고시 생각 없음)'이란 말이 붙었다. 그녀와 내가 한마디씩 나눌 때마다 자기소개서 위로 매니저의 빨간 펜이 춤을 췄다. 어쩐지 채점을 기다리는 학생이 된 것처럼 숙연한 기분이 들었다.

"아, 여기 연봉을 안 적어 주셨네요."
"그건 따로 서류가 필요하다고 해서….."
"아, 네네. 어떻게 되세요?"
"1억 정도요."

달각. 매니저의 삼색 펜 색깔이 빨간색에서 파란색으로 바뀌었다. 푸른 글씨로 연봉 칸에 '억대 연봉자'라는 표현이 적히는 순간부터 매니저의 태도가 말랑해졌다. 속 보이는 태도가 느껴지자 왜인지 긴장이 풀렸다. 그녀는 기본적인 체크는 끝났다며 매칭을 원하는 여자의 조건을 다시 확인해 보겠다고 했다. 나는 서류에 적어 낸 대로 종교도 집안도 학력도 상관없었다. 1순위 조건은 무조건 외모였고 기왕이면 고양이상 얼굴에 볼륨 있는 몸매를 가진 여자였으면 했다. 매니저는 데이트 매칭 기회가 8회 제공될 것이고, 여자가 먼저 애프터를 신청하면 만나더라도 매칭 횟수가 차감되지 않는다고 설명했다. 내가 원하는 조건에 맞는 여자를 소개받기 위해서 지불해야 할 기본요금은 160만 원이었고 서비스 등급을 좀 더 높여 프리미엄으로 들어가려면 200만 원, 거기서 더 올라가 노블레스 등급이 되려면 300만 원을 내야 했다. 연예인이나 고위급 인사의 자제들처럼 신상이 밝혀지면 곤란한 사람들은 스페셜 시크릿 회원으로 분류되어 1500만 원 이상의 금액을 내야 했다. 나는 등급표에 SS라고 적힌 부분을 가리키며 스페셜 시크릿 서비스를 신청하고 싶다고 했다. 프라이버시를 지키고 싶다는 마음도 있었지만, 최고 등급으로 가면 그만큼 급 높은 여자들이 나오지 않을까 하는 기대도 한몫했다. 내가 낼 최종 금액이 2000만 원으로 책정되자 매니저는 화사하게 웃으며 결제를 도와주었다. 나는 사전에 안내받은 대로 졸업 증명서와 가족 관계 증명서, 연봉 증명을 위한 통장 사본 따위의 서류를 매니저에게 건네주었고, 신분증과 함께 중요 서류의 사실 여부를 업체 측에서 확인해도 좋다는 내용의 위임장까지 써서 넘겼다. 이제 집으로 돌아가 매니저가 보내 주는 프로필을 보며 만날 사람을 고르기만 하면 되었다. 이 모든 과정을 처리하는 데 한 시간도 채 걸리지 않았다.

그분이 오신다

"근데 회원님. 우리 쪼끔 스타일을 바꿔서 프로 필 사진 다시 찍어 보는 건 어떨까요?"

"왜요?"

"예선전 통과해야죠. 회원님이 자녀 계획 있는 배우자를 찾으시니까…. 그런 분들은 2세에게 물려줄 수 있는 부분들도 생각하시거든요. 아유, 어떤 이야긴지 아시죠? 물론 탈모 없으시고, 연 봉 조건 너무너무 좋으시니까 괜찮긴 한데. 아, 물론 사진은 보내 주시면 저희가 포토샵 조금 할 거예요. 매칭되기 전에 피부과 진료랑, 간단한 시술 정도 어떠세요?"

"성형하라고요?"

"아유. 대공사까지는 부담 안 가지셔도 되시고 요, 시술로도 충분하죠. 시술 많이 하잖아요. 요 즘 스무 살도 팔자 필러 넣어요. 저도 여기 코랑 이마에 넣었고, 남자 회원님들도 많이들 하세요. 조금만 스타일 바꾸시면 러브 콜 쏟아질 것 같아 서, 제가 우리 회원님 너무무 아까워서 그래요."

"아아. 근데 매니저님 이름이 뭐예요?"

"혹시 불편하신 점이라도 있으셨나요?"

"아뇨."

"제가 말이 지나쳤다면 사과드리겠습니다."

나는 대답 대신 매니저의 가슴팍에 달린 명찰을 확인했다. 선정아. 찬찬히 이름을 곱씹으며 자리에 서 일어났다. 걱정스러운 얼굴로 내 기분을 살피는 그녀의 배웅을 무시한 채 엘리베이터 안으로 들어 갔다. 문이 닫히자마자 나는 핸드폰으로 회사 홈페 이지에 접속해 컴플레인 글을 남겼다. 그녀의 이름 세 글자를 꾹꾹 눌러 터치했고 혹시라도 이 사람에 게 인센티브가 돌아가지 않도록 해 달라는 말과 담 당 매니저를 바꿔 달라는 요청도 잊지 않았다. 모 든 작업을 마치고 엘리베이터에서 나와 핸드폰을 끄자, 새까매진 액정에 내 얼굴이 비쳐 보였다. 못 생겼다. 그녀가 이 한마디를 하고 싶어 했다는 걸 나는 누구보다도 잘 알고 있었다.

수술이든 시술이든 그런 거로 해결할 수 있었다 면 진즉 뭐든 해 봤을 거다. 지금보다 좀 더 나아질 수는 있을 테지만 그래 봤자 평균에 못 미치는 외 모라는 점에는 변함이 없을 터였다. 나는 피부과며 성형외과에 돈을 쓰고 난 뒤 스스로에게 실망하고 싶지 않았다. 쓴 만큼 확실하게 남는 무언가를 갖 고 싶었다. 나에게 그건 바로 차였다.

나는 주머니에서 스마트 키를 꺼내 버튼을 눌렀 다. 헤드라이트를 반짝이며 신호를 올리는 새빨간 포르쉐가 나를 맞이했다. 보는 눈이 없다 해도, 설 사 포르쉐 엠블럼이 사라진다고 해도 누구나 예쁘 다고 외칠 만한 드림 카. 시동을 걸 때부터 울리는 남다른 진동을 마주할 때마다 매번 가슴이 떨렸다. 나를 보다 나은 사람으로 만들어 주는 것은 이런

그분이 오신다

것들뿐이었다. 주변을 비싸고 보기 좋은 물건들로 꾸미는 것이 내 가치를 높일 수 있는 최선의 방법이었다.

지하 주차장에서 빠져나와 도로에 들어서자마자 나는 컨버터블 탑을 열었다. 정수리에 태양 빛이 제대로 꽂히는 이 맛. 활짝 개방된 차내로 봄날의 바람이 살랑이며 불어왔다. 평일 대낮이었지만 강남 거리인지라 차가 많이 보였다. 이곳을 벗어나 내가 사는 도시 쪽에 가까워지면 배기음을 뽐내며 달려 볼 수도 있을 거다. 뻥 뚫린 시원함을 안고 달려 나가는 삶. 유튜버로 수익을 내게 되면서부터 내 계급은 바뀌었다.

빨간 스포츠카를 타고 싶다는 욕망만 내려놓았으면 차창 너머로 보이는 서울의 아파트를 구할 수 있었을지도 모른다. 하지만 나는 지금 이 순간을 좀 더 즐기고 싶었다. 나이가 늘어 가고 그에 따라 책임이 늘어날수록 포기하게 될 것은 수없이 많아질 테니까. 올림픽대로에 진입한 뒤에는 액셀을 더 밟았다. 계기판 바늘이 벌떡 일어서고, 웅웅대는 배기음이 음악처럼 깔렸다. 바람 소리가 귓가를 사뿐히 스쳐 지나갔다. 딸배 소리 들으며 배달 오토바이를 몰 때는 숨 막힐 정도로 거세고 시리기만 했던 바람이 지금은 상쾌하기 그지없었다.

돈이 생기니 인생 난이도가 내려갔다.

여자를 만나는 일도 쉬워졌다. 거리에서 번호를 물어보거나, 헌팅 포차엘 가거나, 취미 생활 모임으로 포장되었지만 실상은 미혼 남녀들이 짝을 찾는 곳들을 굳이 찾아다니지 않아도 방구석에서 클릭 한 번으로 만남을 진행할 수 있다니.

더군다나 첫 만남 장소와 시간을 결정하는 일까지 모두 다 커플 매니저가 진행한다고 했다. 중도 이탈을 방지하기 위해서라나 뭐라나. 어쨌든 내게는 좋은 일이다. 나는 대화 스킬이 부족하다. 처음 만난 사람에게 말을 걸어 약속을 잡는 노련함은 경험이 있어야 생기는 것이 아닌가.

유튜버로 수익을 올리기 전까지 나는 피식자의 역할을 맡기 위해 태어난 짐승에 불과했다. 모두들 모르는 척하지만 사실 다 알고 있다. 똑같이 공부를 못해도 힘이 센 놈은 일진이 되고 힘이 약한 놈은 찐따가 된다. 마찬가지로 똑같이 병신 짓을 해도 얼굴이 잘난 놈은 고백을 받고 얼굴이 못난 놈은 쓰레기 취급을 받는다. 학창 시절엔 이게 전부다. 나이를 먹어서 머리가 굵어지고 재산 수준이나 사회적 위치가 올라가면 사정이 좀 달라질 순 있어도 힘과 외모가 중요하다는 점은 변하지 않는 진실이다. 그리고 내 유년은 알고 싶지 않았던 진실로 얼룩졌다.

양리나.

그분이 오신다

초등학생 때였다. 선생님이 임의로 배정해 준 자리에 내가 앉자마자 울음을 터트렸던 여자애의 이름을 아직도 기억한다. 내 얼굴이 못생겼다며, 이런 나와 짝꿍이 되고 싶지 않다고 우는 그 아이에게 뭐라 할 말이 없어 나는 그저 미안하다고 말했다. 하지만 몇 번을 말해도 그 애는 수업 시간 내내 눈물을 그치지 못해 훌쩍거렸다. 나는 쉴 틈 없이 눈물을 닦아 내는 그 애의 얼굴에 주먹을 날렸다. 비명을 지르는 양리나와 나를 말리는 몇몇 남자애들과 양리나를 감싸는 다른 여자애들. 선생님이 달려오니 아이들은 바로 박종찬이 양리나를 때렸다며 일러바쳤고, 자초지종을 들은 선생님은 세상에서 가장 나쁜 것이 폭력이라고 했다. 나는 말했다. 그럼 쟤가 한 짓은 뭐냐고. 하지만 양리나는 사실을 말하고 울었을 따름이었기 때문에 나쁜 놈은 나였다. 이때부터 내 인생은 꼬이기 시작했다.

아이들은 나를 욕할 정당한 권리를 갖게 되었다.

그전엔 못생겼다는 말을 몰래 했는데 그 사건 이후로는 대놓고 했다. 왜 생긴 거로 뭐라 하느냐고 따지면 마음을 못되게 먹었으니 얼굴도 그따위인 거라는 대꾸가 돌아왔다. 여자애들이 양리나를 감싸며 나를 흘기고 욕하는 건 억울하긴 해도 힘들진 않았다. 진짜 지옥의 시작은 남자애들 사이에서 병신이 되었다는 거였다. 아무리 그래도 여자를 때리냐, 라는 말을 핑계 삼아 그 새끼들이 나한테 가한 폭력은 내가 양리나에게 한 손찌검과는 차원이 달랐다.

난생처음 복부를 맞았을 때의 감각을 잊을 수 없다. 가격당한 순간 내장이 꿀렁거리며 목 끝까지 거북한 느낌이 차올라 나도 모르게 양손으로 배를 감싸 안고 주저앉았다. 살 속 깊은 곳이 멍 들 만큼 가격당하는 일은 그 자체로 충격적이어서 숨을 삼키지 못해 컥컥대게 된다. 돌이켜 보면 그 상태는 실제로 숨이 막히는 것이라기보다 일시적인 쇼크에 가깝다는 생각이 든다. 운동화로 얼굴을 걷어차였을 때에는 짓씹힌 입술 사이로 새어 들어온 흙먼지와 쇠 비린내 나는 피 탓에 침을 뱉어 낼 수밖에 없었는데, 그 행위는 꽤나 건방져 보였기 때문에 나는 계속 얻어맞아야만 했다. 그럴 때면 언제나 애벌레처럼 몸을 둥그렇게 말아 다리로 배를, 손으론 머리를 보호한 채로 이 시간이 지나가길 바라며 견디고 견뎠다. 구타가 끝나면 등과 엉덩이, 종아리와 팔뚝엔 푸르고 노오란 멍이 들었다. 배를 잘못 맞은 날에는 급식 시간에 먹은 것들을 전부 토해 냈다. 이런 날이 계속 이어졌다.

도망치지 않을 수 없었다. 나는 쉬는 시간마다 도서관으로 달려갔다. 책을 좋아해서가 아니라, 도서관에 있을 땐 아무도 나를 때리러 오지 않아서였

그분이 오신다

다. 하지만 방과 후에도 도서관에 남아 있을 순 없었다. 교문 앞에는 언제나 나를 기다리는 작고 검은 머리통들이 있었다.

결국 나는 남들 몰래 생활기록부에서 양리나 집 주소를 확인했다. 무작정 양리나 집 앞에 찾아갔다. 학원을 꽤 많이 다니는지, 양리나가 집으로 돌아왔을 땐 저녁이 다 되어 있었다. 집 문 앞에 앉아 있는 나를 본 양리나는 굳은 듯 멈춰 섰다. 내가 일어서자 양리나는 한 발짝 뒷걸음질 쳤다. 양리나가 겁먹지 않도록 나는 뒷걸음치는 양리나 앞에 잽싸게 무릎을 꿇었다. 내가 다 잘못했으니 애들을 설득해 달라고 빌었다.

"나는 못 해."

양리나가 말했다. 그게 다였다. 양리나는 날 빠르게 지나쳐 집으로 들어갔다. 밤이 될 때까지 그 문 앞을 지키고 있었지만 변하는 건 없었다. 퇴근하고 집에 돌아온 양리나 부모님을 만나 다시는 찾아오지 말라고 단단히 주의를 받았을 뿐이었다. 나는 울컥울컥 올라오는 감정을 삼키며 집으로 돌아갔다.

그 뒤로 아이들의 비웃음과 폭력은 더 심해졌다.

나는 선생님에게 달려가 내 억울함을 고했다. 하지만 모든 잘못은 나에게 있었다. 선생님은 내가 이 모든 일을 자초했으니까 뒤따라오는 문제들을 묵묵히 감내하고 반성하라고 했다. 내 편이 되어 봤자 학급 관리에 전혀 도움이 되지 않기 때문에 선생이 나를 희생시키는 게 마땅하다고 여겼다는 것을 나는 어린 나이에도 어렴풋이 알고 있었다. 폭력은 나쁘다고 했으면서 왜 나한테만 가혹하냐 며 나는 선생님 앞에서 엉엉 울었고, 교무실에 찾아왔다가 내 모습을 본 옆 반 녀석은 학교 전체에 소문을 냈다. 이 일은 학창 시절 동안 줄곧 내 뒤를 따라다녔다. 중학생이 되고 고등학생이 되어도 같은 동네 아이들은 전부 한곳에 모이니까. 한번 붙은 꼬리표는 뗄 수가 없었다.

중학교 때 자퇴를 결심했고, 고등학교 때 실행했다.

몇 년간 히키코모리로 살았다. 온종일 컴퓨터 앞에 앉아 게임을 하거나 커뮤니티 활동을 했다. 엄마는 제발 검정고시라도 보라며 나를 혼내다가 타이르다가 나중엔 울었다. 굳게 닫힌 안방 문 너머로 들린 엄마의 말을 똑똑히 기억한다. 이모와 통화하면서, 아무래도 아빠 없이 자란 탓에 내가 그렇게 된 것 같다고 했다. 엄마의 흐느끼는 목소리를 들은 나는 당장에 안방 문을 열어 아빠가 없는 게 문제가 아니라 엄마 아빠가 못생긴 게 문제라고 소리치고 싶었다. 하지만 그렇게 말해 버리면 나

그분이 오신다

또한 양리나의 편이 될 것만 같았다. 내 얼굴을 보고 점심도 먹지 않은 채 계속 울던 그 애의 편은 죽어도 들어 주기 싫었다. 그렇다고 울분을 참아 가며 엄마의 모습을 계속 지켜볼 수도 없어서 나는 군대에 갔다.

도피성 입대였다. 여기서도 구타당한다면 총구를 턱에 대고 방아쇠를 당겨 한 번에 죽으리라 결심했다. 손가락 한 번만 까딱이면 모든 걸 끝낼 수 있는 곳은 군대뿐이었다.

하지만 걱정했던 바와는 달리 불합리한 폭력은 없었다. 자대 배치 운이 좋았다고 생각한다. 아니면 너무 맞아서 웬만한 폭력은 가볍게 느낄 만큼 내성이 생겼기 때문일지도 모른다. 당시 고참은 부대 내에서 알아주는 오타쿠였는데, 2D 캐릭터 말고는 아무 데도 관심이 없었다. 그 외 선임들은 무해한 병신들뿐이라 욕하는 투부터 어딘가 어색했다. 후임을 잡는 모습을 보면 다들 맞지 않은 옷을 입은 듯이 서툴렀다. 하지 말라는 짓만 눈치껏 안 하면 중간은 갔다. 총 쏘고 뒤져 버리는 일 없이 전역 날이 찾아왔다.

집으로 돌아갈 용기가 나지 않았다. 휴가를 받아도 찜질방이나 PC방에서만 보냈지 집에 가 본 적이 없었다. 나라 사랑 카드에 돈 백 얼마가 있었기에 그 돈을 다 쓰겠다는 마음으로 술을 퍼마셨다.

인사불성이 되었을 때 술집에서 쫓겨났고 그 뒤로 정처 없이 걸었다. 걷고 또 걸어 영동대교 자전거 길에 올라선 나는 더 이상 몸을 가눌 수 없어 바닥에 쓰러지듯 드러누웠다.

바닥에 있는데도 바닥으로 가라앉는 듯한 느낌이 나쁘지 않았다. 귓가엔 아스팔트를 밟고 내달리는 차바퀴 소리가 울렸다. 다들 어디로 그렇게 빠르게 달려가는 걸까. 빠르게 달릴 수 있다는 게 목적지가 있는 사람들만이 가지는 특권처럼 느껴졌다. 그 소리를 들으며 잠이 들었다가 아침에 자전거를 타고 출근하던 사람에게 신고당해 병원으로 옮겨졌다. 몸에 별 이상은 없어서 숙취 해소용 링거만 맞고 밖으로 나왔다. 잠들 무렵에 들었던 타이어 소리가 귓가에 여진처럼 울려 댔다. 그게 꼭 나를 부르는 소리처럼 느껴졌다.

문득 목적을 향해 달리는 삶을 갖고 싶다는 생각이 들었다. 그 마음을 붙잡고 걷다 보니 집에 도착해 있었다. 나는 엄마에게 인생을 다시 시작하고 싶다고 말하며 울었다. 엄마는 나한테 아무것도 기대하지 않으니 하고 싶은 일을 하라고 했다. 곧바로 나는 면허를 땄고 배달 전문점에 취직하여 오토바이를 몰면서 돈을 벌었다.

성실히 살았다. 3년이 지나자 배달집 사장님이 단둘이 술을 먹자고 권했다. 그때 나는 20대 중반

그분이 오신다

을 넘겼지만, 또래 친구가 없어 다른 사람과 함께 술을 제대로 즐겨 본 적이 없었다. 사장님 등쌀에 떠밀려 고깃집에 들어가 오겹살을 먹으며 술잔을 기울였다. 쓰고 맛없는 술에 알딸딸한 취기가 살짝 돌기 시작할 무렵 사장님은 나에게 고백했다. 중졸이라고 해서 사고 친 놈이라 생각했었다고. 근데 그런 놈이 아니라는 걸 이제야 알겠다고. 열심히 일해 줘서 고맙고, 오해해서 미안하다고 했다.

기뻤다. 비로소 사회의 일원이 된 기분이었다. 새카만 헬멧을 쓰면 내 얼굴도 아무런 문제가 되지 않았다. 배달 앱에 가끔씩 올라오는 '배달 기사님이 친절하셨어요.'라는 멘트를 확인하는 일이 삶의 낙이 되었다. 그런 낙을 알게 해 준 사장님 밑에서 끝까지 일하겠다고 충성을 다짐하며 계속 술을 말았다. 이 작은 기쁨을 안주 삼아 거나하게 취해 보고 싶었다. 난생처음으로 다섯 병째의 소주 뚜껑을 따던 그때였다. 고깃집 한편에 놓인 TV에 새로 데뷔한 걸 그룹이 나왔다. 그래, 맞다. 그 센터에 양리나가 있었다.

나는 그 자리에서 토했다. 과음 때문이었는지도 모른다. 한차례 게워 낸 영향인지 취기가 순식간에 사라졌다. 나는 죄송하다고 사장님께 연신 사과하고 집으로 돌아와서는 신인 걸 그룹 정보를 미친 듯이 찾아봤다. 그저 비슷한 사람이라고 믿고 싶었는데, 양리나가 맞았다. 그 애가 화면 너머에서 웃고 있었다. 옷에서 액세서리에서 그 애 얼굴에서 모두 반짝반짝 빛이 났다. 양리나는 명품을 걸친 채로 춤을 췄고 예능 방송에 나와 빨간 스포츠카를 탔다. 내로라하는 셰프가 만든 음식을 입에 넣었고, 라이브 방송에서 미소 지으며 팬들의 관심을 받았다. 걸그룹 하트스푼의 양리나. 모두가 그녀에게 서슴없이 하트를 보냈고 양리나는 당연하다는 듯 너무나도 손쉽게 사람들의 사랑을 삼키고 있었다. 쉬워 보였다. 모든 게, 그녀에겐 쉬운 것 같았다.

나는 댓글을 남겼다. 양리나에게는 스포트라이트를 받을 만한 자격이 없다고 말했지만, 안티가 생긴 걸 보니 우주 대스타가 될 징조라고 팬들은 웃으며 넘겨 버렸다. 나는 포기하지 않고 양리나 때문에 무너진 내 인생에 대한 글을 적어 여러 커뮤니티 사이트에 게시했다. 하지만 글이 길어서인지 재미가 없어서인지 사람들은 큰 흥미를 보이지 않았다. 그 애가 웃는 모습이 TV에서, 유튜브 채널에서, 인스타 계정에서 나올 때마다 복부를 걷어차인 것만 같은 고통이 온몸을 잠식했다. 내 이야기가 사람들에게 읽히려면 좀 더 자극적이어야 했고 재밌어야 했다. 답은 유튜브였다.

유명 걸 그룹 멤버 Y양의 학폭 가해 실체, 라는 제목으로 올린 첫 영상은 운 좋게도 조회 수 100

그분이 오신다

만을 달성했다. 사람들의 관심을 끌기 위한 거짓과 내가 겪은 사건의 진실을 뒤섞어 말하니 사람들은 내 말에 귀 기울여 주었다. 처음엔 시청자들이 나를 위해 주는 줄 알았지만 내 영상의 댓글 창에서 내 말이 맞네 아니네로 싸우고 있는 사람들의 이야기들을 모두 읽어 보고는 깨달았다.

다들, 재밌구나.

나는 정신과 처방전과 약들, 제적 증명서 등을 증거 자료로 하나둘 공개하며 영상을 올렸다. 양리나가 유명해진 만큼 내 유튜브 채널은 유명해졌고, 결국엔 양리나의 소속사로부터 연락이 왔다. 고소장이었다. 소속사는 아티스트로부터 해당 사건이 일어난 바 없다는 확인을 받았다며, 사과하고 글을 내리면 고소를 취하하겠다고 밝혔다. 나는 사과하느니 죽을 작정이었다. 고소장이 날아온 사건도 편집을 거쳐 내 유튜브 채널에 올라갔다. 겨우 한다는 게 겁주기라니. 멍청하다고 생각했다.

내가 애들에게 왕따를 당했던 건 학교 동창들은 전부 아는 사실이었으며, 내가 학창 시절 내내 왕따 당했던 이유는 초등학교 때 양리나 얼굴을 주먹으로 쳤기 때문이었다. 그 꼬리표는 동창생 모두의 기억 속에 있었다. 동창들은 신나게 나를 욕하고 때렸지만 내가 또 하나의 피해자로 변한 뒤에는 그들의 마음속 어딘가에 죄책감이 생겼을 터였다. 누군가

탓할 사람이 필요했을 것이다. 왜냐면 성인이 된 지금 초등학생 때 짝 바꾸기 문제로 동급생을 한 대 때린 것은 별일이 아니게 되었기 때문이다. 도리어 겨우 그 사건 하나 때문에 학창 시절 내내 왕따와 폭행을 당하고 끝내 자퇴를 하여 정신과 치료를 받게 된 것이 더 큰 일이 되어 버렸다.

내가 만들어 붙인 양리나의 거짓말은 나를 괴롭힌 다수에게 죄책감으로부터 벗어날 길을 만들어 주었다. 그들이 날 심하게 괴롭힌 원인이 양리나의 음모였다고 결론 지으면, 자신들 또한 피해자가 될 수 있었다. 나는 초등학생 시절에 양리나 집 앞에 찾아가 내 욕을 그만해 달라고 빌었지만 양리나는 내 얼굴에 침을 뱉으며 무시했고, 그 뒤로도 내가 왕따당하는 모습을 보면서 즐겼고, 못생긴 것들은 꼴 보기 싫다며 나에 대한 안 좋은 소문을 퍼트렸다는 말을 지어냈다. 자기의 진짜 모습은 오직 만만한 나에게만 보여 줬다고. 그 말을 사람들은 믿었다. 동창생들은 나를 괴롭혔기 때문에 생긴 걸쩍지근한 죄의식을 털어 버리기 위해 기꺼이 양리나에게 비난의 화살을 돌리는 댓글을 적었다.

결국 양리나에게 직접 연락이 왔다. 원하는 게 뭐냐는 것이었다. 나는 유선상으로 사과해 달라고 했다.

양리나는 진짜 사과다.

그분이 오신다

나는 통화를 끝내고 자지러지게 웃었다. 이 씨발 년은 좆 됐다. 녹음된 대화를 곧장 유튜브 채널에 올렸다. 양리나가 사과했기 때문에, 사람들은 그녀를 욕할 정당한 권리를 갖게 되었다. 양리나의 삶이 짓이겨지는 순간을 지켜보며 나는 희열을 느꼈다. 결국 소속사의 압박으로 양리나의 사과 녹음본 영상은 삭제될 수밖에 없었지만 양리나의 걸 그룹 활동은 무산되었다. 그즈음 내 유튜브 채널의 구독자 수는 10만을 넘겼다.

돈이 들어왔다.

생각보다 많았다. 잘나가는 유튜버의 광고 정산액이란 이 정도구나 싶었다. 나는 배달 일을 그만뒀다. 유튜브 앞에서 나는 장엄히 맹세했다. 학폭 피해자로서 앞으로는 용납할 수 없는 일들을 저지르는 가해자들을 찾아내 그 악행을 밝히는 채널을 운영하겠다고. 좋은 말로 포장했을 뿐이지 사실상 비웃기 좋은 벌레를 잡아다 바치겠다는 선언과 다를 바 없었다. 나의 굳은 의지 표명이 담긴 영상은 구독자들의 열렬한 지지를 받았다. 그들의 환호가 우스꽝스러웠다.

그 뒤로 나는 온갖 논란과 이슈가 터질 때마다 관련 내용을 일목요연하게 정리한 영상을 채널에 올렸다. 신뢰를 잃지 않도록 여러 사이트와 뉴스 기사를 확인해 사실관계를 크로스 체킹했고, 업로드가 조금 늦어지더라도 섬세한 구성을 빠뜨리지 않았다. 구독자 수는 계속 늘어났다. 정의를 핑계로 남을 비웃는 일은 재밌었고, 하다 보면 돈이 벌렸다. 그 일이 나를 여기까지 데려다주었다.

시원하게 펼쳐진 시야에 들어오는 풍경이 익숙해져 갔다. 집 근처에 다 왔다는 신호였다. 여기에서 작은 산 하나를 넘어가야지만 넓은 평지대가 나왔다. 산 한가운데를 가로지르는 2차선 도로의 경사를 올라 완만한 커브 길을 돌아가면 이 도시의 상징인 아파트 단지가 보였다. 양리나 저격을 하고 도망친 곳. 그곳이 내가 사는 집이었다. 여기서 유튜버 생활을 하다 보니 어영부영 서른이 되었다. 이제 결혼 정보 업체에서 보낸 매칭 상대의 프로필이 도착하면, 머지않아 결혼할 수 있을지도 모른다. 기분 좋은 상상을 하던 순간, 택시 한 대가 앞쪽 갓길에 비스듬히 세워진 모습을 봤다. 앞에서 사고가 난 건가 싶어 속도를 줄여 보았지만 이미 신나게 액셀을 밟고 있던 터라 자칫하면 충돌할지도 모르겠다는 생각이 들었다. 계약부터 인도까지 장장 8개월이나 걸린 내 포르쉐를 택시 똥구멍에 들이박을 수는 없었다. 나는 중앙선을 넘어갔다가 다시 차선을 변경할 요량으로 핸들을 꺾었다. 그때, 내 앞으로 거대한 무언가가 지나갔다. 뭐야, 씨발.

끼이익-

그분이 오신다

S 자를 그리며 크게 휘청이던 자동차는 이내 택시와 고작 몇 미터 떨어진 위치에 비스듬히 멈춰섰다. 뒤질 뻔했다. 어찌나 급하게 멈췄던지, 나를 붙잡은 안전벨트에 몸통이 쓸려 아플 지경이었다. 목에 힘이 들어간 탓에 근육이 뻐근하고 머리가 울렸다. 나는 손으로 목부터 감싸 쥐고 세게 주물렀다. 하지만 그 고통보다 내 심장을 더 요동치게 만든 건 무어라 형언할 수 없는 형체가 바로 눈앞에 나타났다가 순식간에 사라졌다는 사실이었다. 나는 안전벨트를 풀고 차에서 내려 보았다. 앞뒤 양옆부터 해서 하늘에도 바닥에도 이상한 건 아무것도 보이지 않았다. 도로 위에는 나의 빨간 포르쉐와 뒤쪽에 정차된 택시밖에 없었다. 황망히 고개를 돌리며 주변을 살피던 내게 택시 기사가 담배 연기를 뿜으며 말을 걸었다.

"봤어요?"
"뭘요?"

죽을 뻔했다는 사실에 짜증이 확 치밀어 올랐다. 내 말을 듣고 잠시 가만히 있던 기사는 담뱃불을 검지로 탁탁 튕겨 껐다.

"이 동네 사람이죠?"
"근데요?"
"그럼 봤을 거 같은데…."

뭐라는 건가 싶어 나는 기사의 얼굴을 노려보았다. 그는 대꾸 없이 차에 탔다. 그러곤 멈춰 있는 내 차를 추월하기 위해 중앙선을 넘어가려 했다. 어쩐지 괘씸하다는 생각이 들어서 나는 그가 떠나지 못하도록 반대편 차선 앞에 서서 택시를 가로막았다. 택시 기사가 창문을 내렸다. 나는 기세 좋게 소리쳤다.

"아저씨. 아저씨!"

그는 대답 없이 나를 쳐다봤다.

"이대로 째시게?"

택시 기사는 한 치의 미동도 하지 않았다. 나는 핸드폰을 꺼내 들었다.

"지금부터 동영상 녹화를 시작합니다. 증거 수집을 위해 대화 당사자로 참여하며 이 대화의 내용은 법적 효력을 가질 수 있습니다. 방금 하신 행위 공론화될 수 있다는 점 아시죠? 지금도 제 핸드폰으로 중앙선 넘은 모습 찍히고 있고. 개인택시 아닌 거 같은데 회사에 기사님 컴플레인 충분히 걸 수 있거든요?"

"저기, 청년."

"아저씨도 유튜브 아시죠? 제 채널 구독자가 존나 많거든요. 지금 이렇게 불법 운전 하시는 분들은 그냥 한 번에 나락 길 걷는 거예요. 예? 비

그분이 오신다

상등도 안 켜고 트렁크도 안 열고 냅다 세워서는 뭐 보험 사기라도 치시려고요?"

"유튜브를 한다고?"

순간 기사의 눈이 빛났다.

"상황 파악이 되셨나 보네요."
"공론화됩니까? 블랙박스 영상 줄 수 있고요. 아까도 찍혔을 텐데, 분명."
"뭐가요?"
"봤잖습니까. 그거."

내가 본 것. 불과 몇 분도 채 지나지 않았는데 나는 내가 무엇을 봤는지 기억하지 못했다. 그저 일순간 내 눈앞이 시커먼 안갯속에 빠져 버린 것처럼 어두웠다는 생각이 들 뿐이었다. 내 혼돈이 티가 났는지 기사는 차에서 내리더니만 내게 다가왔다. 그리고 잠시 이야기를 나눌 수 있겠냐고 제안했다.

"나는 여기 토백입니다. 여기서부터 쩌어짝 동네까지는 아무것도 없는 곳이었는데 지하철이 개통된다 뭐 한다 어쩐다 하더니 몇 년 새 훌쩍 바뀌었거든. 근데 아무래도 이상합니다. 신고를 해도 경찰은 조사하는 것 같지도 않고. 뭐가 보이든지 말든지 상관없다고 확 가 버릴 수도 없고. 내가 초등학교 다니는 애가 둘이라 마음이 뒤숭숭해 가지고…. 나 사는 빌라촌까지, 거리는 있지만…. 아무튼 시간 잠깐만 내 주면 내가 지금까지 본 것만이라도 이야기를 해서 이걸 좀…."

그때, 핸드폰 알람음이 울렸다. 동영상 녹화를 하는 중인지라 화면 위로 도착 메시지 미리 알림 표시가 떴다. 컴플레인이 접수되었으며 새로운 SS급 매니저가 추천 프로필 링크를 메일로 보냈으니 살펴보라는 내용이었다. 이상한 일에 시간을 낭비할 필요가 없을 것 같았다. 나는 동영상 녹화를 중지하고 계속 무어라 이야기를 풀어내려는 택시 기사의 말을 끊었다.

"저도 블박 있고요, 바빠서 이쯤 할게요."

"그럼 연락처라도…."

"그냥 가세요."

나는 차에 올라탔다. 좀 더 겁도 주고 으스댈 생각이었지만 귀찮아졌다. 한마디로 내가 봐준 거다, 이건. 검은 형체야 그림자를 잘못 본 거라고 생각해 버리면 그만이었다. 나는 다시 출발했다. 하지만 어느샌가 내 옆으로 차 한 대가 다가왔다. 당연하게도 아까 본 택시였고, 그 차는 나와 나란히 속도를 맞추고 있었다. 2차선 도로에서 무슨 짓거리야. 미친 걸까. 황당하다는 얼굴로 택시 기사를 쳐다보자 그는 나와 한번 눈을 맞추고 내 앞으로 추월해 나가더니만 뒤쪽으로 명함을 날렸다. 뭉텅이로 날리는 바람에 누런 명함들이 바람을 타고 팔랑거리며 날아와 나방처럼 차 전면 유리에 달라붙었다. 차 뚜껑을

그분이 오신다

오픈해 놓은 채로 달리고 있던 터라 명함 몇몇 개는 조수석과 내 가슴팍에까지 날아왔다.

"저 개새끼가!"

나는 클랙슨을 눌렀다. 빵빵거리는 소리에도, 터져 나온 외침에도 아랑곳 않고 택시는 저 멀리로 사라졌다. 시야 확보가 잘 안되었던 터라 급하게 와이퍼를 작동시키려 했는데 포르쉐 차에는 특이하게도 핸들에 와이퍼 작동 레버가 붙어 있는 데다가 레버를 당기면 워셔액이 나오게 되어 있어 당황한 나머지 유리창 앞면에 워셔액을 뿌리고 말았다. 뒤늦게 와이퍼가 휘적였지만 명함은 물기를 머금은 채 유리창에 찰싹 달라붙어 떨어질 기미를 보이지 않았다. 시야가 듬성듬성 가려진 채로 계속 달려가기엔 무리라는 생각이 들어 결국, 또 차를 세웠다. 그냥 가라고 했는데도 인생을 굳이 꼬고 싶다면야 받아 줘야겠다고 생각했다. 유리창에 붙은 명함을 떼어 내 어떤 새끼인지 이름을 확인했다. [친절 콜택시 김욱철]. 그 아래 핸드폰 번호가 깔끔하게 적혀 있었다. 나는 명함 하나를 주머니에 챙겨 넣고 나머지는 도로 위에 버린 뒤 다시 출발했다. 산길을 벗어나니 아파트가 우뚝 서 있는 모습이 보였다. 저곳이 우리 집이었다. 능숙히 아파트 주차장에 차를 대고 블랙박스 메모리 카드를 챙겨서 집으로 돌아왔다.

"종찬아, 엄마 눈에는 두 번째 아가씨가 젤 예쁜
거 같다."

"아, 내가 알아서 할게."

집에 돌아오자마자 한 일은 택시 기사 조지기가
아니라 새 매니저가 보낸 여성 회원 프로필을 확인
하는 것이었다. 엄마가 색싯감이 궁금하다고 보채
기도 했거니와 나로서도 우중충한 아저씨 얼굴을
떠올리느니 이쪽에 신경 쓰는 편이 더 나았다.

매칭 진행 과정은 간단했다. 커플 매니저가 엄선
해 보내 준 여성들의 프로필을 보고 내가 마음에
드는 사람을 고른다. 프로필 하단에 있는 매칭 수
락 버튼을 누르면, 선택된 여성에게도 내 프로필이
전달된다. 양쪽 모두가 서로의 정보를 확인하고 매
칭을 수락해야지만 만남이 성사되는 것이다. 무조
건 얼굴만 본다고 강조를 해 놓아서 그런지 프로필
목록에 뜬 여자들의 외모는 대부분 상위권이었다.
몇몇은 당장에 인플루언서 생활을 시작하기만 해
도 몇천 명은 족히 모을 수 있을 만치 예뻤다. 한껏
치장한 모습이 담긴 사진들 아래에는 나이며 사는
지역, 가족 관계, 학력, 직업 등등 한 사람의 생애가
상품 설명처럼 일목요연하게 정리되어 있었다.

"이 아가씨는 만나려면 매주 교회 가야겠네."

엄마는 프로필 맨 아래 매니저가 덧붙여 놓은 코
멘트를 읽으며 같이 보라는 듯 내 어깨를 툭툭 쳤

그분이 오신다

다. 인적 사항이 상품 스펙을 설명하는 글이라면, 매니저의 코멘트는 말하자면 멋들어진 마케팅 문구 또는 주의 사항 같은 내용이었다. 엄마는 소녀처럼 시시덕거리다가 문득 내 프로필에 적혀 있을 코멘트에 대해 걱정하기 시작했다. 매니저 손에 홍삼이라도 한 박스 쥐여 주고 왔어야 하는 게 아니냐며 잔소리했고, 내가 매니저와 어떤 대화를 나누었는지 꼬치꼬치 캐물었다. 같이 시시덕거릴 때만 해도 귀여웠던 엄마가 점점 성가셔져서 나는 이제일을 해야겠다며 엄마를 문밖으로 밀어 보냈다.

내 프로필에 대한 걱정을 부러 하고 싶진 않았다. 그러니까 돈을 쓴 것이 아닌가. 지금 나는 도착한 프로필을 확인하고 매칭을 승낙하느냐 마느냐만 선택하면 된다. 그 뒤로 몇 시간을 더 고민했다. 혼자서 이상형 월드컵을 하듯이 여자들의 사진을 두고서 토너먼트를 벌인 결과 상위권에 들었던 다섯 명을 골라 매칭 수락 버튼을 눌렀다.

일 하나를 해치웠다는 생각에 후련해진 나는 책상 한편에 놓아둔 전자 담배를 입에 물었다. 이젠 내 일을 할 차례였다.

먼저 인터넷 커뮤니티 사이트 여러 개에 접속했다. 인기 커뮤니티의 실시간 검색 순위 상위권에 오른 이야기를 편집해 영상으로 만들면 조회 수를 올리는 데 큰 도움이 되었다. 나는 워드 파일을 하나

만들어 현재 인기 검색 키워드를 정리해 보았다.

이 작업을 할 때는 지켜야 할 원칙이 있었다. 심판대에 올리는 대상의 잘못을 지적할 때는 어느 한쪽 편만 공격하지 않아야 한다. 여자와 남자, 여당과 야당, 부자와 거지 등과 같은 편 가르기를 하는 순간 채널이 흔들리기 마련이니까. 나는 잠깐 떼돈을 벌고 사라지기보다 롱런하는 유튜버가 되는 것을 목표로 두었기 때문에, 어느 한쪽의 의견에 힘이 실릴 수밖에 없는 사건들은 되도록 피했다. 모두가 즐길 수 있는 상처를 찾는 것. 누구나 스스럼없이 욕할 수 있는 부분만을 잘 손질해 먹기 좋게 내놓는 것. 이 원칙이 내가 스스로의 일을 엔터테인먼트라고 생각하는 이유였다.

몇 시간이고 인터넷을 뒤져 보았지만 내 입맛에 맞는 사건이 딱히 없었다. 벌써 2주째였다. 세상은 생각보다 평화로운 것일까. 나는 유튜브 채널 분석란에 들어갔다. 영상을 일주일에 한 개씩 올리던 채널이라서인지 2주간 업로드 게시물이 없으니 시청 시간과 조회 수가 현저히 떨어져 있었다. 그렇다고 채널 정체성을 냅다 버리고 가짜 뉴스를 만들고 싶진 않았다. 과거에 논란을 일으킨 사람들을 파헤치는 것도 방법이었지만, 관짝에 들어간 사람을 다시 처형하는 짓거리는 영 내키지 않았다. 그런 건 트렌드에서 먼 행동이니까. 맛깔 나는 아이

그분이 오신다

템이 없어 고심하던 차에 아까 만난 택시 기사가 떠올랐다. 명함도 챙겼겠다, 영상도 찍었겠다, 블랙박스 데이터도 있으니 잘 편집하면 도로 위의 민폐 택시라는 꼬리표를 붙여 올릴 수 있을지도 모르겠다는 생각이 들었다. 핫한 아이템은 아니긴 하지만.

나는 차에서 가져온 블랙박스 메모리 카드를 리더기에 꽂고 영상을 재생해 보았다. 길에 선 택시를 발견하고 내가 중앙선을 넘어가 멈추는 바로 그 부분.

"뭐야, 씨발."

다급한 내 목소리가 들렸고 브레이크를 밟는 사이 내 차 앞을 지나갔던 형체가 선명히 보였다. 기억하기로는 분명 내 시각을 삼킨 듯 새까맣기만 했었는데 영상 속에는 한 줄기 빛… 아니 검은 빛이 기록되어 있었다.

나는 이상한 장면이 촬영된 구간을 반복 재생했다. 누군가 영상 위에 아니 모니터 위에 보드 마커로 빗금을 죽죽 그은 것 같은 이 검은 선들은 대체 무엇일까. 나뭇가지가 바람에 날려 지나갔다고 하기엔 너무 길었고, 그림자가 졌다고 하기엔 형체를 가진 존재인 듯 너무 선명했다. 그 선의 끝을 좇아 시선을 올려 보니 짐작건대 그건 거대한… 족히 3m는 될 것 같은 기둥 같은 무언가였다. 기둥의 끝에 어떤 존재가 있는지는 찍히지 않았다. 뭐랄까. 거대 거미들이 이 도로를 건너기 위해 발 한 짝씩을 내딛고 지나간 것 같다는 느낌이 들었다. 게다가 순식간에 내 눈앞을 잠식해 버린 어둠까지.

이게 뭘까. 택시 기사도 같은 걸 보고 멈춘 걸까. 도로는 어떤 자국도 없이 깔끔했기 때문에 육중한 생명체가 지나갔다고 보긴 힘들었고, 내 타이어가 꺾이는 소리만 들렸을 뿐 다른 울음소리가 나지 않았으니 어떤 짐승이 나타났다고 보기도 어려웠다. 그림자가 아니라면 말이 되지 않는 상황이었다. 나는 타워크레인 그림자 따위가 잠시 스쳐 지나간 것이라고 생각했다. 신도시 개발이 아직 진행 중이라 곳곳에 건물이 지어지는 와중이었다. 일말의 희망을 품고 로드 뷰로 주변을 살펴보았지만 그런 거대한 그림자를 산속 도로에 뻗칠 수 있는 규모의 공사는 어디에서도 이루어지지 않았다.

택시 기사가 따발총처럼 쏟아 냈던 말들이 마음에 걸렸다. 하지만 전부 내 알 바 아니었다. 나에게 필요한 건 모두의 시선을 잡아끌어 클릭을 유도할 만한 화젯거리뿐이니까. 업로드를 또 미루고 이번 주도 얼레벌레 넘길 순 없었다. 어느 정도 안정적인 수익을 보장해 주는 영상이 몇몇 개 있었지만, 전체 조회 수가 떨어지는 건 다른 문제였다. 신도시 괴담 같은 이야기를 만들어서 던져 주면 결과가

그분이 오신다

나쁘진 않을 것 같았다. 나는 가벼운 마음으로 워드 파일을 새로 생성했다.

[제보] 우연히 포착된 신도시 괴생명체

제목은 뽑았다. 섬네일 사진으로 내 블랙박스 영상 캡처 이미지를 사용하려니 임팩트가 약할 듯해서 구글에서 '고스트'와 '미스터리' 따위를 검색하여 적당한 이미지를 찾아보았다. 저작권 위반으로 걸리면 안 되기 때문에 영화나 드라마에서 캡처된 듯한 이미지들은 제외했다. 되도록 일반인이 찍어 올린 듯 화질이 떨어지고 출처가 불분명한 영상이 필요했다. 한두 시간가량의 인터넷 서핑 끝에 아파트 창문 너머 흐릿한 유령의 형체가 비치는 것 같은 모습을 담은 영상을 골랐다. 나는 곧바로 영상의 이미지를 캡처했다.

유튜버 생활을 꽤 했지만 나는 아직도 포토샵 같은 프로그램은 다룰 줄 몰랐다. 야매로도 충분했으니까. 나는 PPT 파일을 새로 열어 캡처한 이미지를 불러왔다. 이미지 파일 위에 입력할 텍스트를 잠시 고민했다. 짧고도 직관적인 말일수록 좋았기에 이미지 가운데에 대문짝만하게 '이것이 보이십니까?'라고 입력했다. 흐릿한 형체는 붉은색 원으로 강조해 두었다. 이렇게 편집한 이미지를 다시 캡처해서 저장했다. 섬네일 이미지가 실제 영상 내용에 포함되어 있느냐 아니냐는 전혀 중요하지 않았다. 일단 관심을 끌어 마우스 클릭만 유도하면 그만인 세계가 바로 유튜브 바닥이었다.

이제 내용을 구성할 차례였다. 나는 말주변이 없기 때문에 미리 대본을 만들어 놓는 걸 선호했다. 모호한 말들과 형용사를 최대한 많이 섞었다. 소름 끼치게 놀라운 영상을 제보받았다든가, A 도시 토박이라고 주장한 택시 기사가 근래 알 수 없는 괴생물체를 보고 악몽을 꾸기 시작했으며 심각한 정신병 증세까지 보이기 시작했다는 등의 거짓말을 덧붙인 대본을 작성하고 나서 나는 하이바를 썼다.

유튜버 하이바.

이게 나였다. 신속 정확한 딸배 정신으로 세상의 사건 소식을 알려 주는 채널이라고 소개 글을 올렸지만 사실 이건 다 나중에 갖다 붙인 의미들이다. 양리나를 저격할 당시 민낯을 공개할 용기가 없어서 하이바를 쓰고 나온 것뿐이었다.

인간들은 착하고 못생긴 인간보다 못되고 예쁜 인간을 더 좋아한다. 평가질을 하기 위해선 나에 대한 선입견이 생기지 않을 만한 껍데기가 필요했고, 일할 때 쓰던 블랙 하이바는 그 역할을 하기에 충분했다. 목소리가 답답하게 나와 다시 녹음해야

그분이 오신다

한다는 점이 귀찮긴 하지만 말이다. 나는 캠코더로 촬영을 시작했다. 유튜버로 수익을 올린 지 꽤 되었지만, 장비는 처음 시작할 때 이후로 발전하지 않았다. 엄청난 조명이 필요하지도 않고 화려한 편집 기술이 필요하지도 않다 보니 그렇게 됐지 싶다. 게다가 사람들이 내 채널에 기대하는 것은 엄청난 퀄리티가 아니라 싼마이 감성으로 손쉽게 까먹을 수 있는 심심풀이 땅콩 이야기였으니까. 능숙히 대본을 읽어 내린 뒤에 하이바를 벗었다. 잠깐만 쓰고 있어도 땀이 났다. 먹먹한 오디오에는 재녹음 버전을 덮어씌웠다.

촬영과 녹음을 마쳤으니 이제 편집을 할 차례다. 하이바를 쓴 내가 설명하는 모습 사이사이에 블랙박스 영상을 넣었다. 괜스레 같은 장면을 크게 확대하여 반복해 보여 주는 수를 쓰고, 다른 무서운 이미지를 예시로 들며 공포감을 조성하는 방법을 동원하고, 컷을 나눠 붙인 다음 전체적으로 괴이한 배경음악을 깔았더니 5분 정도의 영상이 만들어졌다. 유튜브 업로드용 파일을 추출하는 버튼을 눌러 두고 나는 기지개를 켰다.

목이 뻐근한 이유가 아까의 급정차 때문인지 작업 때문인지 잘 분간이 가지 않았다. 그러고 보니 미접촉 사고로 기사를 신고해도 되지 않나. 나는 다시 전자 담배를 입에 물고는 책상 옆 창문을 열었다. 벌써 완전히 밤이 되었다. 암막 커튼으로 창을 가려 놔서 날이 바뀌는 줄도 몰랐다. 영상에 들어간 효과가 많지 않아 추출은 금방 끝났고, 나는 미리 편집해 놓은 섬네일 이미지와 영상을 내 유튜브 채널에 업로드했다. 이걸로 오늘 치 일은 끝났다. 나는 방 밖으로 나왔다.

"아들, 뭐 먹을래?"

식탁에 앉아 핸드폰을 보던 엄마가 화들짝 일어섰다.

"아무거나."
"고기 구워 줄까?"
"어엉."

엄마는 기다렸다는 듯이 냉장고에서 고기를 꺼냈고, 나는 베란다에서 가스버너와 불판을 꺼내 식탁 위에 올려놓았다. 엄마랑 나, 단둘만 사는 집인데도 우리 집 식탁은 6인용이었다. 벌어 본 돈의 맛이 달콤해서 뭐든 크고 좋아 보이고 비싼 거로 신나게 구매했더랬지. 엄마는 빠르게 밥상을 차렸고, 커다란 고기가 불판 위에 올라가 치이익 기름 소리를 내뿜을 때쯤 나는 밍기적 젓가락질을 하기 시작했다. 고깃집에서 오랫동안 일해 온 경력 덕인지 엄마는 아주 능숙한 자세로 고기를 노릇하게 구워 내고 있었다.

그분이 오신다

"색싯감 잘 골랐어? 연락은?"

"엄마. 나 오늘 프로필 봤어, 오늘."

"맞네에. 나도 참 주책이라니까. 엄마 방금 전에 유튜브에서 며느리 잘 고르는 꿀팁 영상 보고 있었어."

"오. 도움 됐어?"

"들어 보니 순 맞는 말이야. 요즘은 유튜브에 모든 게 다 있다니까. 근데 가면 갈수록 세상이 흉흉해져서 걱정이다, 얘. 오늘도 난리던걸? 외계인이 김정은을 조종하고 있어 가지고 미국 NASA에서 조사에 착수했다며?"

"… 뭔 소리야?"

엄마는 세상 물정을 왜 그렇게 모르냐고 뉴스 좀 보고 살라며 핀잔을 주었다. 나는 대체 엄마가 무슨 말을 하나 싶어 핸드폰으로 뉴스 검색을 해 보았지만 당연하게도 이름 있는 언론사에서는 허무맹랑한 이야기를 기사로 내지 않았다. 나는 엄마에게 전해 들은 또 다른 이야기는 없냐고 물어보았다. 엄마는 오랜만에 아들에게 이야기보따리를 풀게 된 게 재밌었는지 미주알고주알 보고 들은 것들에 대해서 설명하기 시작했다. 하나같이 상식선을 벗어나는 이야기들이어서 마치 엄마가 사는 세계와 내가 사는 세계가 유리된 것만 같은 기이한 기분에 휩싸였다. 엄마의 표현을 빌리자면 이 모든 진실은 유튜브에 있었다.

"유튜브만이 진실이야."
"엄마, 핸드폰 줘 봐."
"니 폰 있잖니."
"잠깐만 줘 봐."

나는 빼앗다시피 엄마의 핸드폰을 가져와 유튜브 애플리케이션을 실행해 보았다. 메인 화면에 보이는 영상들은 섬네일부터 제목까지 정상적인 게 하나도 없었다.

A 유튜버의 쓰레기 과거 행적, B 연예인이 불법 업소에서 벌인 일, C 그룹의 마약 파티 사건, 외국 BJ D의 살인 생중계방송, E 정치인의 사생아 논란. 그래. 여기까지는 그럴 수 있다 싶었다. 그 뒤로는 아주 막 나가는 영상들이었다. 정상회담 때 태극기 대신 인공기만을 양손에 들고 휘두르는 대통령의 모습이 포착되었다는 이야기부터, 태양광 발전기 안에는 중금속이 다량 들어 있어 암을 유발한다, 팬데믹 피해자에게 영구적으로 월 180만 원씩 지원하는데 여기에 국민의 혈세가 낭비되고 있다, 전쟁 중인 나라가 있다는 뉴스는 모두 거짓말이며 국제 자금을 빼돌리려는 음모에 따라 배우들이 연기를 하는 거다, AI는 이미 인간의 지능을 넘어서 자기네들끼리 언어를 만들어 소통하는 중이고 인간 말살 계획을 비밀리에 시행 중이라는 이야기까지.

그분이 오신다

이런 기이한 영상들이 엄마의 유튜브 메인 화면에 가득 차게 된 이유는 엄마가 이슈 유튜버인 내 채널을 구독해 놓았기 때문이었다. 내가 올린 영상과 관련된 영상들을 클릭하다 엄마의 유튜브 알고리즘이 완전히 망가져 버린 것이다. 나는 엄마를 보호해야겠다는 생각이 들었다.

식사를 마친 뒤 나는 엄마가 잠들 때까지 기다렸다가 엄마의 핸드폰을 몰래 가져왔다. 그러고는 내 채널 구독을 취소했다. 엄마가 좋아하는 귀여운 고양이나 강아지들이 가득 나오는 동물 채널과 클래식 음악이 나오는 채널 수십 개를 구독해 놓았다. 그럼에도 이전에 시청했던 기록이 남아 메인 화면에는 여전히 이상한 영상들이 떴고 나는 이를 마저 막기 위해 동물 영상을 날이 밝을 때까지 시청했다. 엄마가 자극적인 가짜 영상들을 보며 욕을 하고 즐거워하는 모습은 죽어도 보기 싫었다. 혼자서 날 키우느라 고생한 만큼 이제는 편히 집에서 쉬며 평온을 느끼길 바랐다. 나는 채널 청소가 다 된 엄마의 핸드폰을 제자리에 가져다 놓고 긴긴 하루를 끝냈다.

[매칭이 수락되지 않으셨습니다. 커플 매니저가 새 프로필을 전달하기까지는 약 2주의 시간이 소요됩니다.]

시끄러운 핸드폰 진동음에 눈이 뜨였다. 두 눈을 찌푸려 가며 겨우겨우 핸드폰 액정 화면을 바라보자, 결혼 정보 회사로부터 도착한 메시지가 제일 먼저 눈에 띄었다. 나머지는 어제 올린 유튜브 영상에 대한 알림이겠거니 싶었다. 고심 끝에 다섯 명을 겨우 골라 데이트 신청을 해 두었는데 전부 차였다니 좀 어이가 없었다. 우선 거실로 나가 정수기에서 물 한 컵을 받아 마셨다. 텁텁한 목을 축이고 목소리를 가다듬은 뒤에 곧장 담당 매니저에게 전화를 걸었다. 점심시간 무렵이었지만 그거야 내 알 바는 아니었다.

"네, 전화 받았습니다. 커플 매니저 장지희입니다."
"데이트 매칭이 전부 실패했다는데 이거 오류 아닙니까?"
"네에, 회원님 성함이 어떻게 되시죠?"
"박종찬요. 스페셜 시크릿."
"잠시만 기다려 주시겠어요?"

타닥타닥 타자 소리가 수화기 너머로 들려왔다. 나는 정수기에서 물을 한 컵 더 받아 마셨다. 편하게 데이트하려고 돈까지 썼는데 이런 식이면 곤란했다. 다 거절당하고 나면 선택이 더 이상 선택이 아니게 되지 않나. 한참을 기다렸는데도 수화기 너머 매니저는 답이 없었다. 나는 조금 신경질이 났다. 마음

그분이 오신다

한구석에서, 프로필 사진 때문일지도 모른다는 생각이 피어올랐다. 이런 걱정이 고개를 들어 올렸다는 게 불쾌했다. 한참 컵을 들고 거실과 주방 사이를 서성대다 방 안으로 돌아와 침대 위에 앉았을 무렵, 매니저가 말했다.

"고객님. 저, 직업이 유튜버라고 말씀해 주셨는데 혹시 활동명이 하이바가 맞으실까요?"

순간 온몸에 찬물을 끼얹은 듯 심장 근육이 수축하는 느낌이 들었다. 내가 이 사람에게 내 유튜버명을 알려 준 적이 있었던가? 혹시라도 채널에 영향이 갈까 봐 유튜버 활동명이 드러나지 않도록 메신저 프로필을 비롯한 온갖 곳에 신경을 써 왔다. 양리나를 저격했을 때에도 동창이 내 얼굴을 공개하려고 하면 모두 다 고소했고, 사이버 장의사까지고용해서 아무도 내 신상을 털지 못하도록 웹상의 자료를 모두 다 지워 놓았다. 확신할 수 있다. 실수로도 흘린 적이 없었다.

"그건 왜 물어보시는데요?"
"한동안 데이트 매칭 활동을 오프하시는 건 어떠실까요?"
"아니, 그건 아니죠. 회사 귀책으로 매칭이 안 된거니까 환불을 하든지 타당한 후속 조치를 말해야지. 지금 갑질하시는 겁니까? 스페셜 취급이 이래도 돼요?"

"아뇨. 회원님, 아무래도 오전에 뜬 기사 영향을 받으신 것 같은데…. 우선 확인해 보시고, 저희도 이런 일은 처음인지라 다시 알아보고서 연락 드려도 될까요?"

당황해 마지않는 매니저의 목소리에서 진실성이 엿보였다. 나는 알겠다며 전화를 끊었다. 그 순간에도 유튜브 댓글 알림이 울리고 있었다. 그러고 보니 내 활동명은 어떻게 알았을까. 열만 내다가 정작 중요한 걸 물어보지 못했다는 생각이 들었다. 일단 핸드폰으로 인터넷에 접속했다. 늘 제일 먼저 확인하는 실시간 검색어 창에 내 채널 이름이 적혀 있었다. 유튜버 하이바. 하이바 신상. 하이바 저격. 걸 그룹 하트스푼 전 멤버. 양리나 자살.

순간 내 눈을 의심했다. 다른 커뮤니티 사이트들도 전부다 하트스푼의 양리나 자살 소식에 대해 다루고 있었다. 연예계 활동이 무산된 지 3년이나 지난 지금 굳이 왜 죽었단 말인가. 검색해 보니 그녀는 아파트 옥상에서 투신해 죽었다. 두개골이 으깨지고, 내장이 파열된 채로 차가운 바닥에서 얼마간 의식을 가지고 있다가 숨이 끊어진 것으로 추정된다고 한다. 내가 양리나의 자살 이유를 다룬 신빙성 있는 언론 기사를 찾아다닐 무렵 각종 커뮤니티 사이트에서는 근거 없는 추측과 루머가 만들어지고 있었다. 양리나의 자살 원인으로는 당연히 양

그분이 오신다

리나의 꿈을 망쳐 버린 유튜버 하이바가 지목됐고, 곧이어 사람들은 하이바의 정체를 알아내기 위해 동분서주했다.

[하트스푼 Y양 죽인 유튜버 소름 돋는 정체]
[당신이 하이바에 대해 몰랐던 사실 12가지]
[신상 털린 하이바, 사람 죽이고 제일 먼저 한 짓은?]
[이렇게 살지 맙시다… 하이바의 삶]

그 영상들엔 하나같이 나의 중학교 졸업 앨범 사진이 포함되어 있었다. 이 사진을 최초 공개한 사람은 내 중학교 동창이었다. 그는 양리나 탈퇴 사건 때부터 나에 대한 쎄함을 느끼고 있었는데 결국엔 이럴 줄 알았다며, 이런 놈은 본인 얼굴도 팔려봐야 된다는 생각에 졸업 사진을 가져왔다고 했다. 사람들은 내 신상을 마음대로 푼 이름 모를 동창생에게 정의로운 일을 했다며 박수를 보냈다. 기가 찼다. 결국 여기서 퍼져 나간 내 프로필 때문에 내 데이트 신청을 받은 여성들이 모두 나를 거절했다는 것 아닌가.

나는 곧바로 컴퓨터 앞에 앉았다. 대본을 써야 했다. 진정성 있는 사과를 한 뒤 고인에 대한 명복을 빌고 나서 자숙을 하는 게 현 상황에서는 가장 좋은 방법 같았다. 몇 달 쉬어도 기존 영상에 붙은 광고비는 입금되니까 휴가를 갔다고 생각하면 되겠지 싶었다. 그러면 다 해결이 되나? 씨발. 하나도 안 된다. 나는 화가 나서 책상 위에 있던 키보드며 잡동사니 물건들을 쓸어 바닥에 모조리 떨어뜨렸다. 도무지 대본을 쓸 마음의 여유를 낼 수가 없었다.

나는 계속해서 실시간 검색어를 새로고침하고 온갖 커뮤니티 사이트를 드나들며 사람들의 반응을 살펴보았다. 대부분의 사람들은 고인에 대한 애도를 표함과 동시에 내 외모를 평가하고 조롱했다. 물고 뜯고 웃고 어떻게든 깔깔거리고 싶어 안달 난 사람들 같았다. 그도 그럴 것이 2주 만에 나타난 큰 사건이었으니 군침이 안 돌 수가 없었을 것이다. 누가 나를 어떻게 욕했을까. 악랄한 댓글들을 확인하는 일은 끔찍하면서도 중독성이 있어서 자꾸만 살펴보게 되었다. 아직 양리나의 자살 원인이 정확히 밝혀지지 않아 중립 입장을 취하겠다는 사람의 수도 적지는 않았다. 다시 전화가 울렸다.

"안녕하세요 회원님, 커플 매니저 장지희입니다."

"네. 어떻게 해결됐죠?"

"일단 회원님. 환불은 가능하신데 아무래도 회원님의 귀책으로 인한 사유인지라 특수 상황이라고 할지라도 100% 환불은 불가능하세요. 그래도 아직 여론이 어떻게 움직일지 단언할 수 없으니 잠시 매칭 서비스를 홀딩해 두시고서 저희 서

그분이 오신다

비스를 이용하시는 건 어떠실지 제안해 보고자
합니다."

"환불하면 몇 프로 까이는데요?"

"저희 회원분들 프로필을 열람하고 데이트 신청
서비스까지 이용하셨으니, 전체 금액 중에 30%
만 환불됩니다."

내가 낸 돈이 얼만데. 그중에 30%밖에 환불이
안 된다니 어이가 없었다. 이런 법이 어딨느냐고
따지자 계약서에 모두 명시되어 있고 구두 안내를
전부 이해했다는 항목에 내 서명이 들어가 있다고
설명하는데 할 말이 없어졌다. 나는 우선 서비스를
홀딩해 달라고 말하곤 전화를 끊었다. 매니저와의
통화는 아주 짧았음에도 불구하고 그사이 나를 저
격하는 영상이 한 개 더 올라왔다. 나는 하나라도
놓칠세라 업로드된 새 영상을 클릭했다.

**[괴생명체가 출몰했다던 하이바 박종찬, 주작 논
란]**

영상의 내용인즉 유튜버 하이바는 학력이 좋지
않고, 기자 생활 경험이 없고, 연예계나 정치계 연
줄 또한 없어서 이슈 몰이를 하려면 주작을 할 수
밖에 없다며, 최근에 소재가 떨어지자 사실관계 확
인을 하기 어려운 괴이 현상을 주작해 올렸다는 것

이었다. 사람들은 내 유튜브 채널을 검색해서 어제 업로드된 영상을 시청했고, 댓글로 저마다의 생각과 욕설을 올리기 시작했다. 놀이판이 열린 것이다. 양리나 자살 사건의 내막이 드러나기까지는 시일이 걸릴 테니 그사이에 살살 까먹을 먹잇감이 필요한 모양이었다. 비난의 장이 펼쳐지면 돈이 되니까. 나는 그 생태를 누구보다도 잘 알았다. 누구보다도.

'그럼 양리나 저격도 조작 아냐?'

불씨가 지펴졌다. 타닥타닥. 이제 모든 것이 다 탈 때까지 사람들의 키보드가 수십 수백 번 눌리게 될 터였다. 도대체 양리나와 나는 무슨 악연으로 이어졌길래 서로의 생을 찢어 버리지 못해 안달이 난 걸까. 순식간에 구독자 3만 명이 날아갔다. 이 정도 속도면 정말로 하이바를 쓰고 달려야 하는 날이 다시 찾아올지도 모른다. 식사를 대충 때워 가며 오토바이를 몰아 대던 생활로 돌아가고 싶진 않았다. 무엇보다 자작극을 벌이려고 생각한 적도 계획한 적도 없는데 어제 영상 하나로 사람을 몰아가 양리나 저격 내용마저 거짓말이라고 매도하다니 참을 수가 없었다. 내 결백을 증명해야겠다는 생각이 들었다. 나는 직접 유튜브 채널 커뮤니티에 글을 올렸다.

그분이 오신다

안녕하세요, 하이바입니다. 커뮤니티에 인사드리는 것은 처음인 것 같네요. 현재 하트스푼 전 멤버 양리나 씨의 사망 소식에 많은 분들이 충격을 받으신 걸로 압니다. 저 또한 마찬가지이고요. 하지만 저는 양리나 씨 저격을 시작하고 본인에게 사과를 받은 이후 양리나 씨와는 어떠한 접촉도 하지 않았습니다. 저도 피해자 중 한 사람인데 저 때문에 학교 폭력 가해자가 죽었다는 글을 올리시는 것은 자제해 주셨으면 합니다.

또한, 제가 한 양리나 씨 저격조차도 모두 거짓말이었다, 주작이다, 라는 말들을 하고 계신데요. 그 근거를 확인해 보니 제가 어제 올린 영상 속의 괴형상이 합성된 것이라는 의혹이 있기 때문에 이전의 다른 영상도 진실성이 없을 거라는 이야기더라고요. 이게 대체 무슨 논리인지 모르겠습니다. 저는 없는 일을 만들어 내는 유튜버가 아니며 진실을 말한다는 원칙을 가지고 채널을 운영해 왔습니다. 이 점을 많은 분들이 지지해 주셨기에 여기까지 올 수 있었다고 생각합니다.

양리나 씨의 명복을 빌며, 어제 올린 영상의 진위 여부는 제가 증명해 보이겠습니다.

3줄 요약

1. 양리나 씨. 삼가 고인의 명복을 빕니다.

2. 양리나 저격도 괴현상 영상도 조작한 게 아니다.

3. 증명하겠다.

자신만만한 태도로 글을 올렸다. 나에게 택시 기사의 명함이 있기 때문이었다. 그 택시 기사 차에 달린 블랙박스 영상을 공개하고, 그를 만나 인터뷰 영상을 촬영한 뒤 중간 보고 성격으로 올린 다음 괴현상에 대한 사람들의 제보를 받는다면 조작 논란에서 벗어날 수 있을 것 같았다. 그때쯤에는 양리나의 자살 원인이 밝혀질 것이다. 절대로 3년 전에 내가 올린 글 때문에 죽었을 리는 없다. 실제로 내가 연예계 활동을 무산시키는 바람에 인생이 꼬여서 죽게 되었다 한들 본인 인생이 꼬인 탓을 나한테 돌리면 안 되는 거니까. 나도 양리나 때문에 인생이 한 번 꼬였지만 죽지 않고 살아 있으니까. 나는 책상 곳곳을 살폈다. 그리고 외투를 찾았다. 외투는 빨래통에 있었고, 주머니 안에 택시 기사의 명함은 없었다.

집을 비운 엄마에게 연락해 보니 새로 사귄 친구들과 골프 치러 나갔다는 대답이 돌아왔다. 내 옷 주머니에 있던 명함을 봤느냐고 묻자, 빨래해야 하

그분이 오신다

니까 버렸다고 했다. 재빨리 쓰레기통을 열어 봤지만 깨끗했다. 울컥 화가 나 재차 전화를 걸어 그걸 왜 버렸냐고 소리를 빽 질렀다. 수화기 너머 도란도란 수다를 나누던 주변인들의 목소리가 음 소거 버튼을 누른 듯이 조용해졌다. 엄마는 애써 목소리를 낮추며 미안하다고, 밥은 먹었냐고 말을 이었고 나는 엄마가 연기하는 꼴을 듣고 싶지 않아 전화를 끊었다.

주차장으로 내려가 차 안 이곳저곳을 살펴보았다. 차가 너저분해지는 게 싫어서 명함을 모두 치워 버린 탓에 깨끗했다. 그나마 다행인 부분은 그 기사가 개인택시 기사는 아니었다는 점과 어제 찍은 영상에 택시 번호판이 보인다는 점이었다. 나는 콜택시 애플리케이션을 다운받아서 Q&A란에 컴플레인을 걸었다. 택시의 차량 번호를 적고, 이 차 운전자분이랑 무접촉 사고가 일어났는데 연락처를 찾을 길이 없어서 내 연락처를 남기니 답변 달라는 내용을 써 내려갔다.

이제 기다리기만 하면 된다. 할 수 있는 일을 다 해 놓고 나서야 지금껏 아무것도 못 먹었다는 사실을 깨달았다. 기분 전환도 할 겸 차를 타고 나가서 맛있는 음식을 사 먹어야겠다는 생각이 들었다. 기름지고 매콤한 음식을 먹고 싶어서, 동네 근처 주차 가능한 상가 건물에 생긴 중식당으로 들어갔다.

꿔바로우에 짬뽕밥까지 시켜 거하게 한 상을 해치
우고서 계산대 앞에 섰더니 어디선가 찰칵, 소리가
들렸다.

반사적으로 뒤를 돌아봤다. 식당 홀 내에 나를
찍는 것 같은 사람은 보이지 않았다. 음식 사진을
찍는 사람의 핸드폰 소리였을 텐데 착각했다고 생
각하며 계산을 마치고 지하 주차장으로 내려갔다.
차에 올라타 유튜브 채널 커뮤니티에 남겨진 댓글
을 확인해 보았다. 몇 분 전에 작성된 누군가의 댓
글이 주목받고 있었다. 그 사람은 댓글에 링크를
달아 놓았는데, 접속해 보니 한 커뮤니티 사이트
글이 나왔다. 제목은 '사람 죽여 놓고 밥 먹는 하이
바'였고 게시물에는 내가 밥 먹는 모습과 계산대에
서 계산한 뒤 나가는 모습의 사진이 실려 있었다.
사람들의 관심이 쏟아졌고 이 글은 메신저와 커뮤
니티를 통해 계속 확산되었다. 증명한다더니만 밥
부터 먹는 거냐며 조롱하는 글들이 이어졌다.

생각이 짧았다. 누군가가 나를 알아볼 수 있다는
점을 예상하지 못해 외식을 하고 말았다. 나는 집
으로 돌아갔다. 택시 기사의 연락처 정보를 얻을
때까지 한동안 집 안에 박혀 시간을 보냈다. 그 기
사와 다시 만나게 된다면 복잡한 일을 모두 해결할
수 있으리라 믿어 의심치 않았다. 하지만 이틀간의
기다림 끝에 받은 답변은 그가 일신상의 이유로 퇴

그분이 오신다

사했다는 소식이었다.

[하이바가 양리나 죽인 거 확실한 썰 푼다.]

우리 누나 결혼 정보 회사 다니는데 거기 하이바 옴ㅋ 프로필에 나온 조건 보고 여자를 선택할 수가 있는데 하이바가 선택한 여자들 다 양리나 닮은꼴이라고 했음.

익명1: 소개팅 망해서 분풀이로 양리나 칼침 놓으러 집 찾아간 거 아님?
  └ 익명2: ㄴㄴ 하이바 와꾸 보고 여자 회원들이 다 매칭 거절했다고 함.
  └ 익명3: ㅅㅂㅋㅋㅋㅋㅋㅋㅋㅋㅋㅋㅋ 개웃김

익명4: 하이바 혼삿길 막혔네.
  └ 익명5: 태어날 때 이미 막힘
  └ 익명6: 너어는 진짜ㅋㅋㅋㅋㅋㅋㅋㅋㅋㅋㅋㅋㅋ
  └ 익명7: ㅋㅋㅋㅋㅋㅋㅋㅋ 근데 ㅈㄴ 맞말임;; 다들 와꾸보고오셈;;

익명8: 존내 븅신 새끼네. 돈 많은데 왜 결혼할라 함?
  └ 익명9: ??? 웨에에엑. 토하고 갑니다.

나는 변호사를 선임했다. 고객 정보를 유출한 결혼 정보 회사와 키보드 워리어들과 내 신상을 털어 우리 아파트 단지 앞에 찾아와 난동 부리던 유튜버와 우리 집 문 앞에 래커로 살인자라 쓰고 도망간 양리나의 골수팬을 고소했다. 사람들은 내가 잘못을 반성하긴커녕 옳은 말을 하는 사람들을 고소하고 다닌다며 내 인성을 탓했다. 그럼에도 내가 계속 강경한 태도를 고수하자 뭔가 있는 것 같다며 중립 기어를 박는다고 선언하는 글들이 나오기 시작했다.

그러던 와중 양리나 친언니의 글이 주목을 받았다. 그녀는 양리나가 악플과 루머 때문에 우울증 치료를 받다 끝내 극단적인 선택을 하게 되었다고 밝혔다. 부풀려져 퍼진 루머들에 대해서는 법적 대응을 할 예정이니 더 이상 헛소문을 만들거나 퍼뜨리지 말아 달라는 글이었다.

양리나의 장례 기사는 뉴스 헤드라인을 장식했다. 유가족들은 조용히 장례를 치르고 싶어 했지만, 양리나와 연습생 시절을 함께해 온 하트스푼 멤버들과 몇몇 연예인들이 빈소를 방문한다는 소식에 일부 사생팬들이 장례식장에 찾아와 난장판이 되었다는 이야기였다. 사람들은 욕할 만한 일들이 많이 벌어져 재밌어했다. 이 좋은 먹잇감들을 내 채널에서 단 한 개도 다룰 수 없다니 속이 쓰릴

그분이 오신다

정도였다.

3일이 더 지나자 양리나를 그리워하는 글들이 여기저기서 눈에 띄었다. 보기 드문 천재 아이돌이었다며 아쉬워하던 사람들은 양리나 친언니의 글을 인용하며 유튜버 하이바가 어떻게 나올 것인지를 궁금하게 여겼다. 내가 해야 할 일은 아주 명확했다. 그 형체를 다시 마주하기 위해 산길을 계속 왕복하는 것이었다. 택시 기사를 협박할 목적으로 녹화했던 영상 속 기사의 말에 따르면 그 형체는 생각보다 자주, 이 근방에서 목격되는 것이 분명했다. 정보가 없다면 무식하게 들이받는 게 답이었다.

서울 끝자락에서부터 내가 사는 신도시까지 가려면 약 20km를 달려야 한다. 그중 15km가량이 산으로 둘러싸인 직선 도로였다. 이 구간의 모습을 제대로 촬영하기 위해 조수석에 캠코더를 설치해두었다. 삼각대로 높이를 맞추고 밧줄로 빙빙 감아 고정해 두니 각도가 꽤 잘 나와서 형체를 마주하게 된다면 제대로 촬영할 수 있을 것 같았다. 나는 왕복 운전을 하다 배가 고파지면 맥도날드 드라이브 스루에서 햄버거 세트를 사 와 갓길에 잠시 주차해 두고 먹거나, 아예 굶은 채로 운전을 계속하다가 집으로 돌아가 간단하게 끼니를 때웠다. 엄마는 꼭 증명해야 할 필요가 있느냐며 내 건강이 상할까 봐 염려했다. 나는 꼭 해내야 한다고 못을 박아 두었지만, 의미 없는 삥삥이 짓을 한 지 일주일 차에 들어서니 차라리 진짜로 영상을 조작하고 싶다는 열망에 휩싸였다.

애초에 나타난 연유도 모를 괴이한 형체였다. 이걸 무슨 수로 증명해 내겠다고 큰소리를 쳤을까. 택시 기사를 다시 만나는 것이 쉬울 줄 알았고, 괴이 현상도 쉽게 마주할 수 있을 것 같았는데 계획대로 되는 일이 아무것도 없었다. 그나마 다행인 부분은 내가 어떻게 증명할지 궁금해하거나 나를 욕하러 찾아오는 사람들 덕에 조회 수가 이전보다 많이 올라 수익이 쏠쏠하다는 점이었다. 하지만 그 대가로 나는 남들의 시선을 피해 다녀야 했다. 달갑지 않은 상황이었다. 어디를 가나 마스크와 모자로 신원을 감춰야 하니 갑갑했다. 후. 전자 담배를 입에 물며 차 뚜껑을 열었다. 상쾌한 밤공기가 얼굴에 닿았다. 도로를 감싼 나무들은 불어오는 바람에 제 몸을 부딪치며 촤르르르 소리를 냈다. 벌써 새벽 2시였다.

괴현상을 목격했을 때가 낮이었기 때문에 처음에는 해가 지면 무조건 집으로 돌아가곤 했다. 하지만 일찍 귀가한다 한들 집에 가서 하는 일이라곤 실시간으로 올라오는 악플을 바라보다 잠드는 것뿐이었다. 정말로 양리나 저격 당시 한 치의 거짓말도 하지 않았더라면 억울하기만 했을 텐데. 조금

그분이 오신다

씩 섞어 놓은 거짓말의 무게가 내 몸을 짓누르는 것만 같았다. 물론 이 모든 죄책감마저 부당하게 느껴질 만큼 분했다. 그 답답함을 조금이나마 해소하고자 밤이 될 때까지 액셀을 밟았고, 피곤함에 지쳐 쓰러지기 직전까지 도로를 왕복하다가 집에 도착하곤 했다. 양리나가 죽은 지 고작 보름밖에 지나지 않았는데도 이 정돈데 앞으로는 어떨까. 나는 매일같이 기도했다. 끔찍하고 악랄한 인간이 크나큰 사고를 터트려서 모두의 관심이 그 쓰레기한테 돌아가게 해 달라고. 부패한 인간들의 썩은 내가 달콤하게 풍겨 와 대중의 고개가 절로 그리 돌아가게 해 달라고.

빠아아앙-

반대 차선을 달리던 화물차가 경적 소리를 내며 내 차를 스쳐 지나갔다. 잠시 내가 졸았던가. 중앙선을 은근히 밟고 있는 차를 차선 안쪽으로 다시 옮겼다. 복잡하고 혼란스러운 생각 끝에 잠이 들었는지 그저 생각에 빠진 것이었는지 분간이 잘되지 않았다. 오늘은 이쯤 하고 집으로 돌아가야겠다고 마음을 먹은 그때, 헤드라이트 끝에 걸린 검은 형체가 보였다.

그거였다.

그게 나타났다. 나는 액셀을 세차게 밟았다. 그

것은 내가 따라온다는 것을 알아챘는지 속력을 내서 앞으로 달리기 시작했다. 그것이 옆으로 방향을 꺾어 숲속으로 빠지지 않은 것이 행운이라면 행운일까. 덕분에 도로를 통해 추격할 수 있었다. 주행 속도가 빨라질수록 바람이 맨얼굴을 더욱 거세게 강타했다. 소프트 탑을 덮을 겨를조차 없었다. 그저 바람 속에서 눈을 부릅뜨고 그것을 노려보았다. 저게 내가 보았던 게 맞을까. 언뜻언뜻 가로등 빛에 닿은 그것의 형체는 처음 봤을 때처럼 기다란 벌레 다리 같지도, 시야를 완전히 뒤덮을 만큼 크지도 않았다. 오히려 생각보다 작은 짐승 같았다. 저게 뭘까. 속도 계기판의 바늘은 120km를 넘어섰다. 바늘이 가리키는 숫자는 빠르게 커졌고, 130, 140, 150에 이르더니 이윽고 200을 넘겼다. 그럼에도 나는 그것에게 조금도 가까이 다가갈 수가 없었다. 말도 안 된다는 생각이 들었다. 이런 속도로 앞서 나가는 저건 대체 뭐란 말인가. 형언할 수 없는 존재를 쫓아가다 보니 왠지 웃음이 났다. 지금 눈앞에 있는 것이 처음 내가 마주한 것은 아닐지도 모르지만 그저 저 형체를 쫓는 것만으로도 짜릿했다. 증명해 낼 수 있을 것 같았다. 봤다고. 내가 봤다고. 내가 본 게 사실이라고.

어느새 양옆으로 보이는 풍경들은 속도에 뭉개져 흐릿해졌다. 어둠이 만든 거대한 터널 속을 달리는 느낌이었다. 속력을 낼수록 멀어지는 듯한 그

그분이 오신다

기이한 형체를 쫓으며, 숨 막히게 불어오는 바람 속에서 애써 숨 쉴 틈을 찾아내면서 나는 왠지 모를 흥분 속에 빠져들었다. 내 인생이, 내 삶이 어떤 목표를 향해 강렬하게 돌진하고 있다는 쾌감. 처음 양리나를 저격했을 때도 이런 기분이었다. 나라는 사람이 여기 존재한다는 사실이 피부로 느껴졌다. 보잘것없었던 내가 누군가에게 커다란 영향력을 끼칠 수 있다는 그 사실이 주는 희열. 인간의 인생을 좌지우지하는 신에 가까운 그 권능. 희미했던 검은 형체의 윤곽은 가까이 다가갈수록 불빛 속에서 점점 선명해졌다. 마침내, 그것이 새하얀 스포트라이트를 받으며 모습을 드러내는 순간.

텅.

소리를 듣고 나는 차를 세웠다. 한껏 올려놓은 속도 때문에 무언가를 치고도 한참을 더 나아가다 멈췄다. 고무 타는 냄새를 맡으며 내가 멈춰 선 곳은 도시의 입구였다. 그리고 내 앞에 그게 있었다. 순식간이었지만 뭔가가 확실하고도 분명하게 거기에 있었다. 충격 때문인지 그것을 치는 순간의 기억이 날아가 버린 듯했다. 충돌 직전 내가 무엇을 봤는지 전혀 떠오르지 않았다. 필름이 끊긴 것만 같았다. 컥컥거리며 안전벨트를 풀었다. 흉곽과 목덜미에서 통증이 뻐근하게 올라왔다. 나는 연신 기침을 뱉으며 차 문을 열고 나왔다. 보닛이 움푹 패어 있었고 차 색깔만큼 새빨간 무언가가 묻어 있었다. 피였다. 나는 헤드라이트가 가리키는 도로 앞쪽에 떨어진 무언가를 향해 걸음을 옮겼다. 그것이 차에 치여 날아간 궤적을 따라 새까만 아스팔트 바닥에 피가 흩뿌려져 있었다. 괴물일까. 산짐승일까. 고라니일지도 모른다고 생각하며 걸었다. 내 발이 멈춰 선 곳 끝에는 열 살 정도의 여자아이가 으깨져 있었다.

욱.

나는 곧바로 고개를 돌렸다. 시속 200km가 넘는 속도로 달려 쫓아온 곳에 어린애가 있었다는 게 믿어지지 않았다. 호흡이 가빠져 의식적으로 코와 입을 막고 숨을 참았다. 파하, 하고 숨을 내뱉어도 마음이 진정되지 않았다. 쇳내가 콧속을 파고들었다. 대체 어떻게. 머릿속이 혼란스러워졌다. 주변을 둘러봤지만 이곳은 도보가 없는 도로다. 대체 한밤중의 산길 어디에서 애가 뛰쳐나왔을까. 아니, 아니다. 이러고 서 있을 때가 아니었다. 나는 숨을 애써 고르며 다시 아이를 바라보았다.

아이의 몰골은 참혹했다. 깨진 두개골 사이로 피가 섞여 연분홍빛을 띠는 뇌가 보였다. 꺾인 팔다리와 피범벅이 된 몸을 바라보니 차마 입에 담기 무서운 생각이 너무나 또렷이 떠올랐다. 이 애는 죽었다. 내가 죽였다. 대체 왜 여기에 사람이. 또 욕

그분이 오신다

지기가 올라왔다. 나는 현장에 증거를 남기고 싶지 않아 필사적으로 차에 탔고, 조수석에다 구토했다. 치워야 했다. 치워서 버려야 했다. 살인자가 되고 싶지 않았다. 감옥에 가고 싶지 않았다. 죽였다는 죄책감에 앞서 벌을 받고 싶지 않다는 생각부터 들었다. 나는 소프트 탑을 닫고 트렁크를 열었다. 호흡을 가다듬으며 다시 시체로 향했다.

하지만 시체를 싣고 도망가려니 으깨진 신체 부위를 손으로 잡고 차에 넣는다는 게 생각처럼 쉽지 않았다. 나는 덜덜 떨리는 손을 아이의 뺨을 향해 뻗어 보았다. 창백한 피부에 손이 닿는 순간 소름 끼치도록 차가운 기운이 느껴졌다. 온기 하나 없는 사람의 살결이 그토록 소름 돋을 줄 몰랐다. 그런데 왜 차가울까. 방금 전까지 살아 있었다면 조금의 따뜻함이라도 남아 있어야 하지 않나. 그제야 다시금 살펴본 시체의 상태는 좀 이상했다. 아이의 오른팔에 살가죽이 없었다. 전체적으로 허물이 벗겨진 듯 벌건 근육과 핏줄이 엉킨 시뻘건 속이 드러나 있었다. 오른 다리도 마찬가지였다. 사람의 거죽이 어떻게 이토록 깔끔하게 벗겨질 수 있단 말인가. 나는 혼란스러웠다.

어쩌면, 놀랍도록 빠르고 검은 그 형체가 이 아이 죽인 것이 아니었을까. 나는 그저 시체를 친 것이 아닐까. 눈앞에서 사람이 죽었다는 현실에서 도망치고 싶어졌다. 잠을 잘 자지 못해서인지 자꾸만 시야가 흐려지는 것만 같았다. 나는 손을 들어, 내 뺨을 때렸다. 정신을 차리지 않으면 내 인생은 끝 장이다. 뺨이 욱신거리고 뜨겁게 달아오를 때까지 세게 내려치고 나서야 나는 아이의 머리였던 것을 손에 쥘 수 있었다. 그와 동시에 새하얀 조명이 내 게로 비춰졌다. 내가 그토록 원하던 스포트라이트 처럼 강렬하고 새하얀 반대편 차선의 헤드라이트. 까맣게 선팅된 윈드실드 너머로 나를 응시하는 운 전석의 남자와 눈이 마주쳤다. 그 시선을 받으며 나는 내 삶이 끝났다고 생각했다.

사이렌 소리가 아직도 귓가에 울린다. 그때 눈을 마주친 남자가 경찰에 신고한 탓에 경찰차가 먼저 도착했고, 시체 앞에 앉아 일어나지 못하는 나를 본 경찰이 구급차를 불렀다. 구급차에 시신이 실리 는 순간 나는 실신했고 정신을 차렸을 때는 병원 침대 위에 누워 있었다. 상황 파악을 하려 간호사 를 찾아 나가려는데 절그럭, 뭐가 손목에 걸렸다. 수갑이 내 손목과 침대 프레임에 한 쪽씩 걸려 있 었다. 당황스럽게 수갑을 바라보고 있는 찰나 경찰 이 들어왔다. 그들은 내 핸드폰이 잠겨 있어 보호 자에게 연락을 못 한 상태라고 설명해 주었다. 가 벼운 뇌진탕 진단을 받은 나는 경찰서에서 조서를

그분이 오신다

작성하기 위해 퇴원 수속을 밟았다.

나는 경찰차를 타고 서에 도착했다. 내 차는 견인되었다고 한다. 작은 방 안에서 테이블을 앞에 두고 경찰과 마주했지만 병원에 오기 전 어떻게 시간이 흘렀고 내가 뭘 했는지 도무지 기억이 나지 않았다. 그저 으깨져 있던 아이의 시체가 자꾸만 내 의식을 침범해 왔다.

"박종찬 씨?"

"예? 예."

"저희가 확인은 해야 해서요. 현장에서 왜 트렁크를 여셨나요?"

"비상 정차 중이라 열어 뒀습니다."

"조수석에 돌아와 토하셨던데."

"담배 가지러 갔다가 토했습니다."

"시체는 왜 손에 들었습니까."

숨이 턱 막히는 기분이 들었다. 갑자기 눈물이 났다. 무서웠다. 그래. 이 순간에도 나는 죄책감보다 한순간 시체 유기를 생각했던 내 머릿속을 경찰에게 들킬 것 같아서 무서웠다. 나는 애써 평정을 유지하며 말을 이었다.

"살리려고요. 병원 데려가려고 들었습니다."

"아아, 예. 근데 밤중에 왜 거기에 있었습니까."

"드라이브요."

"요즘 유명하시던데. 드라이브해도 됩니까?"

순간, 화가 났다. 누군가가 나를 공격하려는 아주 작은 낌새만 보여도 내 속은 금방 끓어올랐다. 하지만 상대는 경찰이었다. 나는 하려던 말을 최대한 꾹꾹 참으려 애썼다. 하지만 터져 버리듯 입이 열렸다.

"안 됩니까?"

"안 되는 건 아닌데."

"그럼 제가 고의로 사람을 치려고 밤에 달렸겠습니까? 그 밤에 애가 도로에 있었던 건 말이 되는 일이고요?"

"박종찬 씨, 시체 상태 보셨죠? 유튜버시고. 신도시 괴생명체 출현 영상 주인공이시더라고요. 직접 봤다는 걸 증명하겠다고 적어 두셨는데. 일부러 시체 손상시키고 영상 올리려던 거 아닙니까? 조수석에 있던 캠코더는 저희가 수거했습니다."

어이가 없었다. 말문이 막힌다는 것이 이런 기분을 두고 하는 말일까. 경찰은 내가 친 아이가 열흘 전에 실종 신고된 아이이며 나와 같은 아파트에 살았다는 이야기를 해 주었다. 정황상 내가 범인임이 분명하다는 듯이 구는 경찰의 태도에 무어라 답해야 할지 몰라 입만 벙긋대다 결국 변호사를 부르겠다고 말했다. 경찰은 대수롭지 않게 그러라고 대답했다. 그들은 내가 핸드폰으로 대놓고 변호사를 찾

그분이 오신다

는 걸 딱히 막지도 않았다.

그간 자잘한 고소 진행을 도와주었던 변호사에게 연락해 볼까 생각했지만, 교통사고로 사람이 죽은 사건이니 이 분야에서 좀 더 전문적으로 일을 해 온 사람이 좋을 것 같았다. 포털 사이트 검색창에 '교통사고 가해자 변호'를 넣고 수두룩하게 나오는 변호사 사무소 이름들을 바라보았다. 손가락으로 스크롤을 내렸지만, 머릿속에는 아무것도 들어오지 않았다. 그저 당장 엄마에게 전화를 걸고 싶었다. 하지만 지금 엄마 목소리를 들으면 내가 그 애를 죽였다며 무너져 버릴 것만 같았다.

얼마나 시간이 흘렀을까. 경찰은 진술서를 작성하게 한 뒤 집에 보내 주었다. 사고가 난 곳이 사람이 다닐 수 없는 차도였다는 점과, 아직 상세 조사가 필요하지만 블랙박스와 캠코더 영상에 찍힌 내용들이 나름의 알리바이 역할을 하여 구속할 필요가 없다고 판단했단다. 경찰은 조사 결과에 따라 빠른 시일 내에 다시 연락을 주겠다고 했다. 집에서 나온 지 하루 하고도 반나절이 지나서야 나는 돌아갈 수 있었다.

집에 오자마자 한 일은 왜 연락이 없었느냐며 화를 내는 엄마의 품에 안겨 우는 것이었다. 엄마 얼굴을 보자마자 온몸에 힘이 빠져 절로 무릎이 꿇렸고 나는 바닥에 주저앉아 한참을 울었다. 엄마는 대체 무슨 일이냐고 답답해하다가 어린아이처럼 우는 나를 가만히 안아 주었다. 어떻게 말해야 할까. 내가 혼자서 이 일을 감당할 수 있을까. 엄마가 나를 혐오스럽게 바라보면 어떡하지. 아무리 눈물을 쏟아도 그 불안에 대한 답은 나오지 않았다.

엄마가 진정하라며 건네준 매실차를 마시면서 나는 엄마에게 사람을 치었다고 고백했다. 엄마는 생각보다 담담히 내 이야기를 들어 주었다. 상황을 묘사하면서도 나는 덜컥덜컥 겁이 나서 울었다. 스스로가 한없이 무력하고 멍청하게 느껴졌다. 증명할 필요가 있느냐고 말리던 엄마 말을 들었어야 했다. 엄마는 내 손을 가만히 잡으며 괜찮을 거라고 위로해 주었다. 밑도 끝도 없이 뭐가 괜찮다는 소린지. 해결책도 도움도 안 되는 말이었지만 너무나도 듣고 싶은 말이었다.

엄마는 우선 내가 이부자리에 누워 푹 쉬는 게 좋겠다고 했다. 엄마가 잘 아는 분을 통해 변호사를 구하겠다며, 자초지종을 들어 보니 죽은 아이의 부검 결과를 확인한 뒤에는 어느 정도 사건의 윤곽이 보일 거라고 했다. 엄마가 생각하기엔 내가 큰 죄를 짓지 않았으니 벌이 무겁지 않을 것이라고도 했다.

문을 닫고 방바닥에 누웠다. 정신을 놓을 만큼 피곤했지만 잠은 쉽사리 오지 않았다. 방문 너머로

그분이 오신다

엄마가 여기저기 전화를 돌리는 목소리가 희미하게 들렸다. 통화 대상 중에는 보험사도 있고 변호사도 있는 듯했다. 눈을 감으면 어둠 속에 자리했던 아이의 시체가 떠올랐다. 새빨간 팔과 다리. 살가죽은 누가 벗겼을까.

아.

다시 달려 나가 토했다. 먹은 거라곤 물이 다였는데도 바로 게워 냈다. 이성이 발을 들여놓을 수 없는 곳으로 들어가 안식을 얻고 싶었다. 놀란 엄마가 곧바로 약국에 가서 수면 유도제를 사다 주었다. 그 약을 입에 털어 넣고 나서야 나는 잠들 수 있었다. 눈꺼풀이 감기고 몸에 힘이 빠지는 순간 나는 필사적으로 빌었다. 꿈에 나오지 말아 달라고. 절대로 나오지 말라고.

약 덕분인지 다행히 꿈은 꾸지 않았다.

어려운 일들은 대부분 엄마가 도와주었다. 나는 당사자라는 이유로 불려 나가 목각 인형처럼 고개를 끄덕이며 네네, 하는 역할을 도맡았다. 아이의 장례식은 부검 때문에 다소 늦게 치러졌다. 엄마는 변호사를 통해 아이의 장례 비용을 유가족에게 전달했다고 나한테 말했다. 나는 그거면 되는 거냐고 말했다. 엄마는 잘 모르겠다고 답했다.

사건이 일어난 지 보름 정도 지났을 때 엄마의 의뢰를 받은 변호사가 집으로 찾아왔다. 변호사는 똑 떨어지는 칼 단발을 한 40대 중반쯤의 여성이었다. 큰 키에 잘 어울리는 정장 차림을 하고 있었고 그녀의 몸집만 한 검은 백팩을 메고 있었다. 엄마는 내 상태를 고려해서 변호사에게 직접 방문을 요청했다고 했다. 변호사는 어차피 피해자 가족도 같은 아파트 단지에 사니 잘됐다며 안으로 들어섰다.

　　우리는 식탁에 앉아 현 상황을 다시 한번 정리하는 시간을 가졌다. 교통사고를 냈을 때는 과실의 내용이 12대 중과실에 속하냐 아니냐가 굉장히 중요한데 속도위반으로 사망 사고를 낸 나의 경우에는 형사 합의가 필수였다. 칼같이 단호한 변호사의 목소리를 들으니 내 마음 한편에 억울함이 피어올랐다. 도로에서 만난 그 아이는 아무리 생각해 봐도 이미 죽어 있었던 것 같았다. 변호사는 유가족과 합의하기 위해 사과를 하러 가야 한다고 말했지만 그 말은 제대로 귀에 들어오지도 않았다. 그저 정말로 내가 죽인 게 맞냐고만 되물었다. 가죽이 벗겨진 채로 어떻게 사람이 살아 있을 수 있겠느냐고. 내가 친 건 시체 아니냐고. 변호사는 한숨을 내쉬더니 부검 결과가 나왔다고 말했다.

　　"차에 치이기 전에는 살아 있었다고 하더군요."
　　"피부가 벗겨져 있었는데요?"

그분이 오신다

"뼈가 부러진 것도 장기가 찔린 것도 아니니까요. 직접적 사인은 복강 내 장기 파열입니다."

변호사는 합의 절차에 관해 설명했지만 그런 건 아무래도 좋았다. 살아 있었다니. 그럼 내가 빠르게 쫓아갔던 게 그 애였다는 얘기인가?

아무리 생각해도 말이 되지 않았다. 그건 사람의 속도가 아니었다. 열 살배기 어린애라면 더더욱 그랬다. 블랙박스와 캠코더 메모리 카드를 돌려받고 싶다고 했더니 사건 조사 중이라 돌려받을 수 없다는 말이 돌아왔다. 변호사는 딴소리를 하는 내 앞에서 보란 듯이 한숨을 쉬었다.

"아드님께서 최대한 죄를 뉘우치는 모습을 보이셔야 합니다. 그러는 척이라도 하십시오."

변호사는 유가족 측에 합의를 위해 연락을 취했으나, 가해자가 직접 와서 이야기하기를 바란다는 답을 받았다고 했다. 그러니 당사자가 도의적으로라도 사과와 위로를 건네야 한다고 말했고 그것이 합의의 시작이었다. 죄를 뉘우치는 모습이 보이지 않으면 유가족 측이 합의를 거절할 수도 있고 경우에 따라 가해자 태도가 괘씸하다며 진정서를 넣을 수도 있다고 했다. 형사책임을 경감하고 싶다면, 즉 조금이라도 형량을 줄이고 싶다면 합의를 잘하는 것이 가장 쉽고 빠른 길이라는 결론이었다.

"바로 옆 동 주민이시더군요."

변호사가 말했다. 엄마는 예예 고개를 숙이며, 옷은 뭐 입고 가야 하느냐 자기도 같이 가도 되느냐 물었다. 변호사는 단정하되 꾸민 티가 나지 않는 차림이면 좋을 것 같은데, 어머님은 가실 필요 없다고 딱 잘라 말했다.

"잠깐만요. 제가 가요? 지금요?"

"네. 오늘 오면 좋겠다고 연락받았어요."

"준비할 시간을 주세요."

"30분 정도면 될까요?"

"갑자기 가는 게 어딨어요?"

"미리 말씀드렸는데요."

변호사는 엄마를 보았고, 나도 엄마를 보았다. 엄마는 자신이 갈 생각이었기에 나한테 말할 필요를 느끼지 못했다고 고백했다.

"왜 미리 말 안 했는데! 나 가기 싫다고!"

버럭 소리를 지르자, 엄마가 내 어깨를 도닥이며 미안하다 말했다. 엄마에 대한 원망이 부글부글 끓어올랐다. 엄마는 날 달래면서도 변호사의 눈치를 보았다.

"피의자인 아드님이 직접 가셔야 합니다."

"변호사가 하는 일 아닙니까? 대신 말 잘해 달라고 고용한 건데요?"

그분이 오신다

"네. 말씀은 제가 잘 드릴 테니 걱정하지 마세요. 아드님은 사과만 하시면 됩니다."

변호사는 이게 나를 위한 기회라고 설명했다. 사람이 사망한 이상 형사처벌은 피할 수 없으니, 내가 할 수 있는 일은 선처를 구해 합의를 해서 조금이나마 감형을 받는 것뿐이라고 했다. 변호사는 나에게 동정도 걱정도 어떠한 감정도 내보이지 않았으며 그저 용무를 위한 기름기 뺀 어투만 사용하고 있었다. 우리 둘 사이에 낀 엄마는 내 옷소매를 주욱주욱 잡아끌며, 변호사에게 죄송하다고 사과했다. 저 말을 해야 할 사람은 나였다. 알고 있었다. 나는 옷을 갈아입고 오겠다며 방으로 들어갔다.

이대로 쩰까.

문을 잠근 뒤 영원히 나가지 않는 것. 그거야말로 멍청한 짓임을 나는 누구보다 잘 알고 있었다. 하지만 그 부모의 얼굴에서 죽은 아이의 얼굴이 보이는 순간 욕지기를 참을 수 없을 것 같았다. 고민하는 와중에도 핸드폰에서는 계속 유튜브 알람 진동이 울리고 있었다. 내 유튜브 채널 커뮤니티 글에는 하루에도 수십 개씩 증명해 내라는 댓글이 달렸다. 증명해. 증명해. 증명해. 이젠 내가 뭘 증명해야 하는 건지 모르겠다는 생각이 들었다. 나는 아버지 장례식 때 마지막으로 입었던 검은 양복을 꺼내 입었다. 뱃살 부분이 꽉 끼긴 했지만, 아직 충분히 입을 수 있었다.

"들어오세요."

눈이 퉁퉁 붓고 눈 밑이 거뭇해진 여자와 뺨이 홀쭉한 남자가 우리를 맞이했다. 유가족의 집은 정말로 우리 집과 가까웠다. 아파트 정문으로 들어올 때 오른쪽으로 꺾어 들어가면 우리 집이 나왔고 왼쪽으로 꺾어 들어가면 유가족이 사는 집이 나왔다. 변호사를 앞장세워 들어간 집 풍경은 굉장히 어수선했다. 거실에 소파 있고 그 앞에 TV 있고 주방에는 식탁 있는 흔한 배치에 대부분 나무색인 가구들이 자리하고 있었는데, 바닥이며 식탁이며 소파 테이블이며 온 사방에 구겨진 휴지와 각종 서류들과 먹다 남은 음식이 담긴 그릇과 어린애가 가지고 놀 법한 블록 장난감들이 널브러져 있었다. 아이의 손길이 닿았을 물건들이 아이가 집을 나선 그 시간에 그대로 머물러 있는 듯해서 나는 당장에 무릎을 꿇고 싶어졌다. 생각지도 못했던 죄책감이 몸속 세포 하나하나에 침투되어 들어오는 것만 같았다.

"치울 힘이 없었습니다. 양해 부탁드립니다."

남자가 말했다. 변호사는 괜찮다며 고개를 숙였고 나는 변호사의 몸짓을 따라 하듯 함께 머리를 숙였다. 딸아이가 죽은 이후로 이 부부는 청소

그분이 오신다

할 힘조차 잃었다고 했다. 착잡한 목소리로 설명을 덧붙이는 남자의 얼굴을 올려다보는 순간 나는 이 사람의 눈매와 죽은 아이의 눈매가 너무도 닮았다는 것을 깨달아 버렸다. 나는 다시 고개를 숙였다. 두 번 다시 눈을 마주칠 용기가 나지 않았다. 당장에라도 이 집을 뛰쳐나가고 싶어졌다. 변호사가 이런저런 이야기를 하는 동안 상상 속의 나는 무릎이 닳도록 이 부부 앞에서 두 손을 맞잡고 빌어 댔다. 하지만 상상을 너무 과하게 한 탓인지 억울하다는 생각이 들기 시작했다. 이상하잖아. 왜 그 애한테는 피부가 없는데. 피부도 없이 왜 밤에 도로를 달린 건데. 왜.

"2억. 그 이하는 안 됩니다."

생각지 못한 금액을 부르는 목소리에 나는 현실로 돌아왔다. 대체 무슨 대화 중인가 들어 보니 합의금에 관한 이야기였다. 변호사는 마음의 상처를 어떤 금액으로도 보상할 수 없으리라는 것을 잘 알고 있다며 우선 당사자와 함께 사과의 말씀을 올리겠다고 말했다. 하지만 피해자 부부는 조용하지만 단호한 어투로 지금 이 자리에서 그 금액 지급이 가능한지 아닌지를 얘기해 주었으면 한다고 말했다. 진심이 담긴 사과와 함께. 나는 정신이 번쩍들었다. 2억? 변호사는 나에게 눈짓을 주었고 나는 약속한 대로 그들 앞에 무릎을 꿇었다.

"죄송합니다."

유가족의 반응을 기대했지만, 그들은 생각보다 담담했다. 나는 눈물을 짜내기 위해 노력했다. 울어야 했다. 하지만 2억이라는 금액을 듣고 나니 마음 저편에서 기묘한 울분이 밀려들기 시작했다. 애초에 이 부부가 자식 관리를 잘하지 못한 탓이 아닌가. 보험 사기를 치느라 제 자식을 죽이는 부모도 있다던데. 유튜브에 많이 보이는 그런 놈들에게 잘못 걸린 게 아닐까. 변호사와 피해자 부부는 내가 어서 빨리 다음 말을 이어 가길 바라는 것 같았다. 아니면 울기라도 바라는 것 같았다. 중요한 신을 연기하는 배우가 된 처지였는데, 하필 눈물 신이었고 눈물은 나오지 않았다.

"그게 다예요?"

아이의 엄마가 말했다. 나는 다시 한번 정말 죄송하다고 말했다. 그 말 이외에 다른 말을 꺼냈다간 모든 일이 엉망진창이 될 듯했다. 속에서부터 울컥울컥 치밀어 오르는 억울함을 누르려고 애를 썼다. 하지만 살면서 으깨진 시체를 보는 사람이 몇이나 될까. 솔직히 말하자면 나도 피해자였다. 그 애는 안타깝게 죽었지만 나는 앞으로 계속 살아가야 했다. 시체의 모습은 평생 잊지 않을 터였다. PTSD를 계속 안고 살아가야 하는 나를 저쪽 부모도 불쌍히 여겨 주어야 하는 것이 아닐까. 그

그분이 오신다

런데 2억이라니. 손이 부들부들 떨렸다. 모두가 나를 주시하고 있었다. 변호사는 내가 이전에 많이 울었고 죄책감을 느끼고 있으며, 그 때문에 무어라 말을 꺼내야 할지 힘들어하는 모양이라고 에둘러 포장해 주었다. 아이의 아빠는 할 말 없으면 괜히 사람 불편하게 하지 말고 편히 앉으라고 말했다. 합의금 결정이라도 이 자리에서 끝내길 바라는 눈치였다. 하지만 아이의 엄마는 목소리를 꾹꾹 눌러 내며 힘겹게 입을 열었다.

"당신이 뭔데 눈물이 말라?"
"희우 엄마. 진정해."
"죄송합니다."
"당신 얼굴 말투 보면 다 알아. 너 유튜브질 하려고 내 딸 죽인 거 모를 줄 알아?"
"제가요?"
"박종찬 씨."

변호사의 부름에 나는 다시 정신을 차렸다. 변호사는 우선 합의하는 자리이니 차분히 이야기를 나누어 보자며 양쪽을 중재하려 노력했다. 이런 상황에서는 합의가 안 된다고, 서로 진정해야 한다고 말이다. 변호사는 피의자가 유가족분들의 고통을 어떻게 감히 위로할 수 있을지 몰라 말을 제대로 못 한 것 같다며, 지금 우리의 만남이 무엇을 위한 것인지를 다시 상기시켰다. 배려가 느껴지면서도 똑 부러지는 변호사의 말에 아이의 엄마는 더 이상 말을 잇지 못한 채 눈물을 삼키기 시작했고, 아이의 아빠는 한숨을 쉬더니 핸드폰으로 무언가를 검색해 우리 앞에 놓아 주었다. 유튜브에 내가 아이를 치는 장면이 올라왔다는 것이었다. 나와 변호사는 핸드폰을 가까이 가져와 영상을 확인했다. 내 차의 블랙박스 영상은 아니었다. 나를 신고했던 사람이 올린 블랙박스 영상이었다.

밤길 아스팔트 도로 위. 피투성이가 된 시체를 손에 들고 어쩔 줄 몰라 하던 내가 반대편에서 오던 차량의 블랙박스 렌즈와 눈을 마주친다. 헤드라이트 불빛으로 인해 내 두 눈동자는 짐승의 눈처럼 반짝이고, 나를 스쳐 지나간 자동차는 얼마 안 가 멈춰 선다. 이윽고 차 주인이 경찰에 신고하는 목소리가 들린다.

"여기, 교통사고가 났는데요, 빨리 와 주세요. 뺑소니치고 갈 것 같아요. 가해자가 유명인이거든요. 유튜버요. 예예. 유튜버 하이바요."

이제 영상의 앵글은 그 차 뒤쪽 블랙박스의 것으로 바뀐다. 양손에 피를 철철 묻힌 내가 서서히, 신고 차량으로 다가오는 모습이다. 이렇게 영상은 끝이 난다. 나는 화가 났다.

"아줌마. 미쳤어요?"

그분이 오신다

"뭐?"

"진정하세요. 우선 정황상 박종찬 씨가 올린 영상은 아닌 것으로…."

"이거 볼 시간에 당신 딸 시체는 봤어? 상식적으로 차에 박으면 가죽이 벗겨져? 실종됐다며! 열흘 만에 발견된 거라며. 당신 딸 납치해서 가죽 벗긴 그 개새끼를 잡아다가 조져야지 왜 나한테 그러는데!"

"살아 있었으니까!"

아이의 아빠가 소리쳤다. 쇳소리가 섞일 만큼 쉰 목소리로 내지른 그 말에 절망이 섞여 있었다. 내가 치기 전까지 그 아이는 살아 있었으니까. 그게 바로 실종된 아이를 둔 부부의 마지막 희망이자 절망이었다. 아이의 아버지는 그냥 돌아가 달라고 말했다. 변호사는 말을 덧붙여 봤자 상황이 변하지 않으리라는 것을 직감했는지 시간 내 주셔서 감사하다며 고개를 숙였다. 나는 변호사를 따라 고개를 숙여야 할지, 그대로 뒤돌아 가야 할지 갈피를 잡지 못해 어설프게 서 있다가 인사인 듯 아닌 듯 고개를 푹 숙이고 현관문 밖으로 나가는 변호사를 따라 나갔다. 합의는 망했다.

변호사는 엘리베이터에서 내려 아파트 건물 입구로 나오자마자 담배를 입에 물었다. 나는 그냥 헤어지고 집에 가야 할지 변호사의 말을 들어 봐야 할지 몰라 쭈뼛거리고 있었다. 급하게 정장을 입고 나온 탓에 평소에 들고 다니던 전자 담배가 없었다. 주머니를 뒤지며 주춤거리자, 연기를 내뿜던 변호사가 입을 열었다.

"박종찬 씨."

"네?"

"니즈가 뭡니까? 어머님 니즈는 형을 낮추는 거였거든요. 2억이라는 금액이 형을 낮추는 것보다 중요한 문제인지 입장을 확실히 해 주셨으면 합니다. 차후에 다시 유가족분들을 만나 원활히 합의를 진행하려면 최대한 그쪽에 맞춰 주시는 방향을 권해 드리고 싶습니다. 마음에 차는 사과를 못 받은 만큼 합의금 액수를 높이고 싶어 하실 것 같거든요."

"장례 비용도 저희 어머니가 줬다고 들었는데요."

"피해 보상을 위해 노력하고 있다는 증거를 남기는 게 중요하니까요. 2억이 부담스러우시면 1억이라도 마련하셔서 공탁 제도를 이용해 보심이 어떠실까 싶습니다. 이것도 양형에 영향을 미치는 요소 중의 하나니까요. 후에 다시 금액 조정에 들어가 보는 게 좋을 것 같고요."

"다 거절하면 어떻게 되는데요?"

"금고형을 받으시겠죠."

그게 뭔지 모르는데도 가슴 한편이 철렁 내려앉

그분이 오신다

는 기분이 들었다. 변호사는 자기가 최대한 노력해 보겠다고 말했다. 자신의 직업윤리를 지키기 위해 최대한 말을 고르는 그녀가 대단해 보이기까지 했다. 나는 얼마 없는 용기를 쥐어짜 내 금고형이 뭐냐고 물어보았다.

"교도소에 가는 겁니다."

증명해. 증명해.

집에 돌아와 인터넷을 켜니 수많은 알림이 도착한 상태였다. 마치 유행에 따르는 것처럼, 사람들은 똑같은 댓글을 달았다. 엄마는 잘 이야기했냐며 어떠한 말이 오갔는지 듣고 싶어 했지만 나는 변호사에게 물어보라며 문을 잠갔다.

얼마 뒤 엄마가 우는 소리가 들려왔다. 나는 슬프지 않았다. 다만 화가 났을 뿐이었다. 검색해 본 결과 금고형은 징역형보다는 약한 형벌이었다. 교도소에 구치되어 자유를 빼앗기지만 징역형을 받았을 때처럼 강제 노동을 하지는 않는다고 했다. 이 모든 게 말장난 같았다. 노동을 안 하면 뭐 하나. 어쨌든 감옥에 간다는 말이 아닌가. 나는 사람을 죽일 마음을 품어 본 적도 없는데. 무언가가 잘못되었다는 생각만 들었다.

[유튜버 H씨, 밤길 과속으로 초등생 치어 피해자 사망… 괴현상 조작을 위한 것이었나]

아이가 죽은 지 얼마 안 되어 바로 기사가 났다. 내가 한창 논란의 중심에 서 있던 인물이라 그런지 기사화가 유독 빨랐다. 나는 변호사에게 내 기사를 쓴 기자를 고소할 수 없는지 물어보았지만, 특정인을 가리키며 모욕을 한 것이 아니라 사실관계를 기반으로 기사를 썼기 때문에 고소를 해도 승소가 어렵다는 답을 들었다. 나는 그래도 고소장을 넣어 달라고 했다. 돈은 얼마가 들든 상관없다고 했다. 변호사는 알겠다고 대답했다.

시간은 흘러갔다. 교통사고가 났다 해서 바로 재판이 진행되는 것은 아니었다. 보험 처리 문제도 있었고, 경찰 조사에도 시간이 필요했다. 통상 한 날 정도 뒤에 재판이 열린다고 생각하면 된다고 변

그분이 오신다

호사가 설명해 주었지만 사실 귀에 잘 들어오지 않았다.

변호사를 만난 지 열흘 정도 지났을 무렵 저녁 식사를 하던 엄마는 나에게 넌지시 유튜브 채널을 삭제하는 게 어떻겠냐고 말했다. 나는 말도 안 되는 소리라고 생각했다. 지금 이 순간에도 조회 수는 올라가고 있었고 광고 수익은 여전했다. 채널 방문자는 세 배로 늘어난 데다, 잠깐 빠지는 듯싶던 구독자 수는 어느새 80만을 향해 달려가는 중이었다. 나는 제발 쓸데없는 얘기 하지 말라며 소리를 지르고 방으로 들어갔다. 컴퓨터 전원 코드를 뽑은 다음 핸드폰은 바닥에 내던진 채 수면제를 먹고 잠을 잤다. 이제 약이 없으면 잠을 잘 수 없었다. 혹시라도 그 애가 꿈에 나올까 봐. 그저 스위치가 꺼졌다 켜지는 것처럼 하루가 바뀌는 날들이 계속됐다.

또 얼마나 지났을까. 다시 눈을 떴을 때는 핸드폰 문자로 출석 요구서가 도착해 있었다. 간단한 내용의 메시지 하단엔 링크가 있었고, 링크를 누르자 상세 내용이 나왔다.

[제■■■■■■ - ■■■■■■ 호]
박종찬 귀하에 대한 교통사고처리특례법 위반 (치사), 살인, 사체등오욕, 미성년자약취유인 사건

(접수 번호: █████████H████████)에 관하여 문의할 일이 있으니 ██████.█.█. 14:00에 수사 1팀으로 출석하여 주시기 바랍니다.

엄마와 나는 당장 변호사에게 전화를 걸었다. 변호사는 고소장이 들어왔다고 했다. 경찰은 유가족이 제출한 고소장이 타당하다고 여겼단다. 변호사는 구속영장이 추후에 청구될 수 있다고 말하며 추가적인 수임료를 요구했다. 이대로라면 법정 최고형을 받게 될지도 모른다는 변호사의 말에 나는 미친 듯이 금고형을 받고 싶어졌다. 동시에 내가 하지도 않은 잘못이 점점 불어나 죄다 내게 씌워지고 있다는 생각이 들었다. 나는 부당한 출석에 응하지 않으면 어떻게 되냐고 물었다. 변호사는 통지서를 무시하면 체포되어 조사를 받아야 하니 웬만하면 가는 쪽이 좋은 선택이라고 조언했다. 통상 체포당하게 되면 48시간 이내에 구속영장이 나오고, 이경우 기소되어 재판에 이르기까지 길게는 반년까지 갇혀 살아야 한다는 것이었다. 나는 말도 안 된다고 소리쳤다. 6개월이면 내 유튜브 채널은 망한다. 수익 구조는 완전히 망가져 버리고 복귀도 어려워질 것이 뻔했다.

"2억 주면 해결되는 거 아니었어요? 2억 줍시다. 네?"

"죄명이 중해진 만큼 그전과 같은 내용의 합의

는 힘들 것 같습니다. 출석 시에 저도 같이 가니까 우선 진정하시고 유가족 측이 보낸 고소장을 보면서 박종찬 씨의 무죄를 입증할 수 있는 방안을 모색해 보는 것이 좋겠습니다."

"제가 저지른 게 아닌데 왜 가야 됩니까?"

"박종찬 씨."

변호사는 잠시 사이를 두었다. 말을 고르는 건지 나를 상대하느라 힘이 빠진 건지 알 수는 없었지만, 그 잠깐의 공백에 숨이 막혔다.

"떳떳하면 가시죠. 아니면 솔직하게 말씀 주시고요."

할 말이 없었다. 나는 가겠다고 말했다. 변호사와 통화를 마치고 나니 온몸에 힘이 쭉 빠졌다. 왜 이렇게 되었을까. 나는 수없이 뜨는 알림 메시지를 바라보다 아주 쉽게 원인을 찾아냈다. 증명 때문이었다. 이상한 괴현상을 마주하고서부터 내 인생이 꼬이기 시작했다. 올해 내 운은 분명히 최악일 것이다. 그렇지 않고서야 이런 일을 겪어야 할 이유가 없었다.

나는 예전에 올렸던 괴생명체 영상을 반복해서 봤다. 조금의 실마리라도 찾고 싶었다. 우습게도. 여전히 증명하고 싶었다. 괴현상은 실제로 일어났고, 살인이라는 누명과 조작이라는 의혹은 모두 다 거짓이라는 것을 모두에게 말하고 싶었다.

밝혀지는 진실과 부당한 뭇매를 감당한 사람을 위한 달콤한 동정. 내가 수많은 사람에게 사랑받을 수 있는 유일한 방법은 동정이었고, 지금의 상황은 이를 위한 무대라는 생각마저 들었다. 그렇게 확신할 수 있었던 까닭은 진실로 내 마음속에 떠오르는 감정이 억울함뿐이기 때문이었다.

블랙박스 영상을 유포한 사람에 대해서는 따로 고소 절차를 밟았다. 그가 올린 영상은 시체가 나온 장면이 너무 끔찍해 금방 삭제되었다. 하지만 사람들은 자기가 무엇을 보았는지 이야기했고, 그 이야기는 끝없이 와전되어 갔다. 채널에 올린 영상이며 커뮤니티에 댓글이 폭주하고 있었다. 욕과 비난과 조롱들 속에서 나는 신기한 댓글 하나를 발견했다.

[최진호: 무죄 입증에 도움이 되고 싶습니다. 메일 확인 부탁드립니다.]

그냥 그런 어그로성 댓글에 불과할 텐데. 지푸라기라도 잡는 심정으로 나는 당장 메일함에 들어가 최진호라는 이름을 검색했다. 그는 댓글과 같은 제목으로 메일을 보냈고 그 안에는 영상이 있었다. 나는 떨리는 마음으로 영상을 재생했다.

그분이 오신다

그거였다.

영상의 화질은 좋지 못했지만, 배경이 숲속이라는 건 알아볼 수 있었다. 빼곡히 우거진 나무들 사이로 가느다랗고 긴 것이 위에서 아래로 발을 내딛듯 등장했다가 사라졌다. 나는 이 사람을 만나야겠다고 생각했다. 출석에 응하기 전에 이 사람을 통해 증명에 필요한 뭔가를 찾을 수 있을 것 같았다. 나는 당장 만나자고 회신하면서 내 연락처를 보내두었다. 하지만 출석 날이 다가올 때까지 답장은 없었다.

그날이 왔다. 변호사를 경찰서 앞에서 만나기로 했다. 엄마가 따라온다기에 이 순간만큼이라도 의연한 모습을 보이고 싶어서 괜찮다고 답했다. 괜찮긴 개뿔. 차를 다시 타려니 겁이 났고 대중교통을 이용하자니 수많은 사람이 나를 바라보는 시선을 견딜 수 없을 것 같아 택시를 불렀다. 앱을 이용해서인지 금방 잡혔다. 5분 뒤면 나는 택시를 타고 이 도시를 떠난다. 그러면 당연하게도 내가 아이를 치었던 그 도로를 지나게 된다.

아.

불현듯 나는 무서워졌다. 사고 이후 단 한 번도 이 도시 밖으로 나갈 생각을 못 했던 터였다. 아니, 도시 밖을 나갈 필요가 없었을 뿐이다. 나가야 한다면 나갈 수 있다. 하지만 다시는 그곳에 가고 싶지 않았다. 애플리케이션으로 택시가 점점 내게 다가오는 것을 무력하게 지켜보고 있을 무렵, 문자가 왔다.

최진호였다. 자기 집의 주소를 보내 주며 그리로 오라고 말했다. 그는 내가 사는 신도시 끝자락에 살고 있었다. 경찰서가 있는 곳의 반대편이었고, 그 도로를 다시 지나지 않아도 갈 수 있는 곳이었다. 그는 내 무죄를 입증할 방법이 있다고 말했다. 근데 나한테 무슨 죄명이 걸려 있는 줄 알고 그렇게 말한 걸까. 미리 도착해 변호사와 이야기를 나누기로 해서 경찰서 출석 시간보다 두 시간 정도 일찍 나온 터였다. 아주 잠깐 이야기만 듣고 가면 문제가 되지 않을 것 같았다. 이윽고 택시가 도착했고 나는 최진호가 보낸 주소를 불렀다.

택시가 도착한 곳은 무엇을 만드는지 알 수 없는 공장들과 비닐하우스가 군데군데 보이는 지역이었다. 건물 번호가 제대로 박힌 곳을 찾을 수가 없어 택시에서 내려 최진호에게 전화를 걸었다. 주변을 두리번거리다 보니 건너편 평지에 철골과 패널로 만든 듯한 아이보리색 벽면에 푸른색 지붕을 얹은 거대한 공장이 보였다. 그 안에서 한 남자가 핸드폰을 귀에 댄 채 나오더니 내 쪽을 향해 손을 흔들었다. 생각보다 큰 키와 체격에 조금 놀랐지만,

그분이 오신다

그는 뿔테 안경을 낀 30대 중반 정도의 선한 인상을 가진 남자였다. 나는 재킷 안쪽에 넣어 둔 녹음기 전원을 켰다. 원래는 변호사와 이야기 나눌 때 내가 했던 말을 기억해 두려고 준비한 물건이었다. 이 만남에서도 유용하게 쓰이리라. 나는 남자의 뒤를 따라 공장 안으로 들어갔다.

매끈한 초록색 바닥이 깔린 공장 안에는, 냉동고처럼 보이는 커다란 창고와 공장 면적의 대부분을 차지하는 거대한 전파망원경이 있었다. 높이가 20m는 족히 되어 보였고, 위쪽의 오목한 접시는 해바라기처럼 하늘을 향해 고개를 치켜든 모양새였다. 접시에 비스듬히 달린 네 개의 안테나는 중심의 한 점에 모여 있었다. 이게 뭐냐고 물으니 최진호는 더듬거리며 말했다.

"우, 우주 전파마, 망원경입니다."

고개를 들어 위를 바라보았다. 천장은 막혀 있었다. 이런 상태로 무얼 관측한다는 것인지 알 수가 없었다. 나는 좀 더 설명을 듣고 싶었지만, 최진호는 저건 우리와 아무 상관이 없다는 듯이 소파로 나를 안내했다. 공장 한편에 검은색 3인용 소파와 플라스틱 간이 의자와 낮은 소파 테이블이 있었다. 그 옆에는 커다란 유리장이 있었는데 그 안에서는 형형색색의 정체 모를 벌레들이 꿈틀거렸다. 최진호는 테이블 위에 놓인 커피포트를 집어 들며 커피를 마시겠냐고 물어봤고 나는 그러겠다고 대답했다. 최진호는 믹스커피로 세 잔을 준비했다. 왜 세 잔이냐고 묻기도 전에 창고 문을 열고 한 여성이 나왔다.

"예예, 이, 이분입니다."

최진호가 깍듯한 태도로 여성에게 말했다. 그녀는 몸에 착 달라붙는 검은색 원피스를 입고, 긴 생머리를 하나로 질끈 묶은 50대쯤의 여성이었다. 얼굴에 그려진 세월도 그녀의 미모를 지우진 못해서 한눈에 보아도 미인이라는 생각이 들었다. 담배를 입에 문 그녀는 한 손에 기다란 막대기를 들고 있었는데, 이내 탁탁 소리가 나도록 바닥을 치며 앞으로 걸어왔다. 앞이 안 보이는구나. 나는 멀쩡히 뜬 두 눈 가운데에 눈동자가 잘 자리한 시각 장애인을 난생처음 보았다. 탁탁. 최진호와 나 사이로 성큼 다가온 여성이 바닥의 한 점을 막대기로 두드리자 최진호가 의자를 가져다주었다. 자연스레 의자에 앉은 그녀가 또 한 번 손짓하자 최진호는 검은색 가죽 지갑을 여자에게 건네주었고, 여자는 지갑에서 명함을 꺼내 내게 주었다. [민간 기록자 박도경]. 최진호도 제 바지 주머니를 뒤적이더니 꾸겨진 명함 하나를 꺼내 내밀었다. [생태학자 최진호]. 나는 두 명함을 멋쩍게 받아 들었다. 나도 덩달아 무언가를 주고 싶었지만 줄 수 있는 것이

그분이 오신다

없었다. 한편으론 별거 아닌 듯해 보이는 그 작고 네모난 종이 한 장이 주는 신뢰감은 엄청났다. 나는 일단 유튜버 하이바라고 자신을 소개했다. 이름을 밝히지 않았는데 그 둘은 이미 내 본명을 알고 있었다.

나는 겸연쩍게 인사를 마친 뒤 소파 한가운데에 자리를 잡고 앉았다. 그들은 내 맞은편에 놓인 간이 의자에 앉았다. 나만 편한 자리에 앉은 게 미안하기도 했지만, 소파의 높이가 낮아 간이 의자에 앉은 두 사람을 올려다보고 있으려니 그들의 시선이 조금 고압적으로 느껴지기도 했다.

"피부가 없었죠?"

대뜸, 여자가 말했다. 나는 세차게 고개를 끄덕였다. 드디어 내가 가진 의문을 나눌 수 있는 사람을 찾은 것 같아 가슴이 벅차올랐다. 역시 피부 가죽을 벗겨 낸 다른 인물이 있었던 것이다. 이들은 그를 본 목격자일지도 모른다는 생각이 들었다.

"범인을 아세요?"

박도경은 최진호를 한번 쳐다보았다. 시각이 조금이나마 살아 있는 것일까. 박도경의 제스처와 움직임은 앞을 못 보는 사람 같지 않았다. 최진호는 박도경의 눈빛에서 어떤 신호인지 뭔지를 읽어 내린 것인지 조심스럽게 말을 꺼냈다.

"우, 우리는 아직, 그, 그, 그, 것을 본 적이 없, 없어요."

"보내 주신 영상은요?"

"그건 관, 관측 카메라가, 촤, 촤촬영한 겁니다."

"그럼 아무것도 모른다고요…?"

"아, 아, 압니다. 그, 그러니까 카메라를 설, 설치한 거죠. 비, 비싼 장비를 그, 숲, 숲에 그냥 뒀겠어요? 머, 머, 멍청이가, 아닌 이상, 그, 그러진, 않, 않겠죠."

나는 기분이 나빠졌다. 최진호가 은근히 나를 무시한다는 느낌이 들었다. 나는 '그게' 뭔지에 대해 좀 더 이야기해 달라고 재촉했지만, 최진호는 어떻게 설명해 드려야 이해를 하실지 모르겠다고 말했다. 박도경은 답답하다는 듯 대화 사이를 비집고 들어왔다.

"당신 아파트엔 디자이너가 살아요."

그녀는 나와 똑바로 눈을 마주했다. 한 치의 흔들림 없이 나를 응시하는 눈동자를 바라보기가 힘들었다. 나는 애써 최진호 쪽으로 시선을 돌리며 말을 이었다.

"디자이너요?"

대답은 박도경이 계속 이어 갔다.

"말 그대로 그 도시를 설계하고, 지금까지의 상

그분이 오신다

황을 모두 디자인한 사람요."

"도지사라도 산단 거예요?"

"크흐읍, 킥, 쿠욱킥, 킥."

말을 끝내자마자 최진호가 거북스럽게 킬킬 웃어 댔다. 당연히 내가 모르는 일을 모른다고 표현했을 뿐인데 조롱을 받으니 속이 새빨개지는 기분이 들었다. 여자는 최진호의 비웃음을 말리지 않았다. 그저 건조한 말투로 내게 정보를 전달하는 일이 먼저라는 듯 입을 열었다.

"이 도시가 '그분'을 위해 디자인되었다는 말이죠."

의아함이 도무지 가시지 않았다. 다단계 회사나 이상한 종교 단체에 발을 들인 것인가 싶어 두려웠다. 하지만 이 공장 안엔 숭배할 만한 우상이 없고, 과학관 같은 곳에나 갖다 놓을 법한 거대한 전파망원경이 있으니까, 뭔가 특별한 곳일 거라는 생각이 들기도 했다. 박도경은 나의 혼란을 이해한다는 듯 내게 생각할 여백을 주고 나서 말을 이었다. 그녀의 말에 따르자면, 모든 인간은 별의 후손이라고 했다. 이것은 결코 시적인 비유가 아니라 사실이었다.

"인간을 비롯한 모든 생명체의 구성 물질은 거대한 별의 내부에서 발생해요. 우주에 있던 초신성 하나가 폭발하면, 그 파편 속에서 다양한 물질을 발견할 수 있거든요. 황, 인, 탄소, 수소, 질소, 산소 같은 것들. 들어 본 적 있죠? 결국 모든 생명의 근원은 별이 죽거나 탄생할 때 만들어지는 거고요, 그렇게 생겨난 생명체들은 자신을 만든 어머니 별로부터 늘 영향을 받는답니다."

난데없는 과학 수업에 정신이 아찔했다. 나는 최대한 집중하려 애를 썼다.

"인간은 지구 별의 탄생으로 생겨났고, 디자이너는 다른 어머니 별의 자손으로 태어났어요. 세상에서 나 홀로 다른 별의 존재로 살아가야 한다는 것. 그것이 너무나 외로워 디자이너는 제 어머니 별의 자손을 늘리고자 이 도시를 디자인한 거죠."

"다른 별 자손으로는 어떻게 태어나는데요?"

"유, 유, 유성이 떠, 떨어진 곳에서 세, 세, 섹스라도 해, 했나 보, 보죠. 쿠, 큭, 키킥."

최진호가 기분 나쁘게 웃었다. 박도경은 그 과정에 대해선 모른다고 말했다. 다만 밝혀진 사실은 디자이너의 위대한 과업을 위해서 이 도시에 추종자들이 몰려왔다는 것이었다. 혼돈스러운 와중에 핸드폰이 울렸다. 변호사였다. 집에서 이곳까지 오는 데 차로 30분가량이 걸렸으니, 경찰서까지 가는 시간을 생각한다면 이 대화는 30분 안에 끝나야만 했다. 나는 우선 전화를 무시했다. 그리고 그

그분이 오신다

들에게 내겐 시간이 없다고 말했다. 씨발 정말 시간이 없었다.

"그러니까 디자이너란 놈이 범인이란 거죠?"

나도 모르게 목소리가 떨렸다. 급한 사람은 나쁜인 듯해서 더 그랬던 거 같다. 박도경은 피우던 담배를 앞에 놓인 커피에 지져 껐다. 담배를 갖다 버린 위치가 너무나도 정확했다.

"아뇨. 허물을 벗긴 건 그분의 종이 한 짓입니다. 카메라에 잡힌 것도 그분의 종이고요. 디자이너는 뭐라고 하지… 관리자 같은 거예요."
"어쨌든 그놈이 대가리란 거잖아요. 범인은 중간 대가리고. 맞죠?"
"푸읍, 킥, 크크킥, 크크큭."

최진호가 웃음을 참으려 고개를 숙였다. 나는 범인을 안다면 같이 서에 가서 증인으로라도 서 달라고 부탁했다. 박도경은 그럴 수 없다고 말했다. 나는 돈을 얼마든지 줄 수 있다고 말했다. 내게 죄가 없다는 증거를 대지 못하면 나는 법정 최고형을 면할 수 없을 테니까. 박도경은 무심히 내 뒤에 있는 관측 망원경을 가리켰다.

"저게 얼마일 거 같아요?"

나는 잠시 고개를 돌려 거대 망원경의 육중한 대가리를 바라보았다. 못해도 몇백억은 하지 않을까 싶었다.

"난 돈 많아요."

"그럼 뭐가 필요한데요. 각막 이식? 근데 안 보이는 거 맞아요?"

박도경은 깔깔 웃음을 터트렸다. 최진호는 웃고 있는 박도경을 불안하게 바라보며 관자놀이께로 흐르는 땀을 손수건으로 훔쳐 냈다. 자지러지게 웃는 박도경을 바라보는 동안 나는 점점 불쾌해졌다. 박도경은 그런 질문을 많이 받는다며 장애의 모양은 모두 다르다고 답했다. 그러고는 말을 이었다.

"전 개안 수술을 받았어요. 근데, 선천적 맹인한테 갑자기 시각이 생기면 어떻게 되는지 아세요? 시각적 인식이라는 걸 할 수가 없답니다. 원근감, 형태, 색채, 명암. 이 모든 건 탄생했을 때부터 이어진 훈련과 교육으로 인지하게 되는 거예요. 지금 제 눈앞에 보이는 건 빛과 색의 복잡한 소용돌이뿐이랍니다. 전 사물의 윤곽을 인식할 수 없고 흠집이 난 색을 알아볼 수 없어요. 이토록 불완전한 시각을 돈 주고 샀다니 통탄스럽지 않나요."

나는 이들이 입만 열면 해 대는 이상한 소리에 미쳐 버릴 지경이었다. 이딴 얘기에 더 이상 시간을 소비할 순 없었다.

"아니, 그런 건 관심 없고요. 저 도와주신다면서

그분이 오신다

요! 증거는 없고, 증인 서는 건 안 된다 하고. 여기까지 불러서 어쩌자는 건데요."

"디자이너를 만나세요."

"미쳤어요? 그런 사이코패스를 내가 왜…"

"증명하신다면서요. 그건 직접 해야 하지 않나요?"

"그건…."

말문이 막혔다. 내가, 내가, 내가. 이 단어만 입속에서 맴돌았다.

"괜찮아요. 당신은 신호를 받았잖아요."

박도경의 입이 가로로 쭉 찢어진 채 마네킹처럼 미동 없이 벌어져 있었다. 그녀는 계속 웃고 있었다. 머릿속이 혼란스러웠다. 신호는 또 무엇이란 말인가. 박도경은 디자이너가 제 별의 자손을 늘리기 위한 프로젝트를 진행했고, 사람들을 불러 모았다고 말했다.

"다른 별의 영향을 받은 사람들의 체내에는 삶의 예정된 시기에 자신을 활성화하도록 설계된 일종의 알람이 있습니다. 알람이 울리면 그 순간부터 추종자로 거듭나고, 디자이너와 함께 그분을 맞이할 준비를 하게 되는 거죠. 우리는 그걸 신호라고 부르고 있습니다. 신호를 받은 사람은 그분의 종을 만나게 돼요. 재수 없게 아무 신호도 받지 않은 자가 그분의 종을 만나는 경우도 있겠죠. 당신이 어느 쪽인지는 당신도 모르고 우리도 몰라요. 그저 운에 걸어 보는 거죠. 살면서 그런 기대 해 본 적 없어요? 혹시나 선택받은 사람일지도 모른다는 기대. 운이 좋다면, 운명이 있다면 당신 몸속에도 알람이 있을 겁니다. 그럼 디자이너를 만났을 때 신호가 온몸에 울릴 거고 허물이 벗겨질 겁니다."

"그 뒤에는 어떻게 되는데요?

"영광."

나는 설명을 원한다는 듯 그녀를 쳐다보았다. 최진호는 헛기침으로 박도경에게 뭔가 더 말해야 한다는 신호를 주었다. 아. 똑바른 눈 모양. 그 모습을 보니 나는 자꾸만 착각하게 되었다. 박도경이 막대기를 짚어도, 개안 수술을 했지만 눈앞에 보이는 걸 인식할 수 없다고 말해도, 내가 보기에는 장애가 없는 사람 같았으니까.

"떠올려 보세요. 인간이 얼마나 겉모습에 집착하는 빈곤한 짐승인지. 껍데기가 손상되거나 평균에 미치지 못하는 자를 얼마나 배척하는 존재인지. 스스로 허물의 기준을 만들어 제 발로 감옥에 들어가서는 꺼내 달라고 외치는 미천한 행위를 얼마나 뻔뻔스럽게 저지르는 종족인지."

박도경은 자리에서 일어났다. 그녀는 막대 없이

그분이 오신다

비틀거리며 걸어가 유리장 속으로 쑥 손을 집어넣더니 가장 크고 가장 심하게 꿈틀거리는 애벌레를 집어 들어 내 눈앞에서 터트렸다. 끈적한 초록색 액체가 그녀의 손가락 사이사이로 흘러내렸고, 온몸으로 비명을 토해 내듯이 거세게 몸부림치는 애벌레의 몸짓에 나는 몹시 역겨워졌다.

"이거 봐요. 하나도 안 불쌍하죠? 개나 고양이가 터져 죽으면 비명을 지르고 뒷걸음쳤을 텐데 이 녀석이 죽으니… 조용하잖아요? 아마 눈썹 한 번 찌푸리고 끝났겠죠. 온몸이 터져 죽어도 이건 벌레니까. 징그럽게 생겼으니까. 얘가 지금 어떤 표정을 짓고 있는지 영원히 이해할 수 없을 테니까, 불쌍하고 끔찍하다는 마음보다 역겹다는 마음이 먼저 드는 거예요. 자아, 당신의 내면을 솔직하게 들여다보세요. 감싸고 있는 허물이 다르면 얼마나 타자화되는지를! 눈앞에서 으깨진 존재에게 한 치의 동정도 느끼지 않는 당신을! 인간은 그분의 발밑에서 이 초라한 정신과 이 별의 허울을 마침내 벗어던지게 되는 겁니다. 여자와 남자에서부터 부자와 거지, 젊음과 늙음, 마름과 비만, 아름다움과 추함, 신체 불구, 편견과 차별, 인종과 국가, 언어와 뉘앙스, 선과 악, 죄와 벌에 이르는 이 모든 것에서 벗어나게 됩니다. 그분을 맞이하고 그분의 신호에 귀 기울이세요. 머리를 조아리세요. 한낱 미물의 앞에 그분이 오십니다.

당도하실 겁니다!"

박도경이 뱉어 내는 한 문장 한 문장에 온몸의 숨구멍이 조여 왔다. 그녀는 빠르게 숨조차 쉬지 않는 것처럼 계속해서 말을 이어 갔다. 평정심을 잃은 그녀의 정신이 이미 이곳에서 멀리 달아나 사라져 버린 것만 같았다. 그녀는 벌레의 피가 묻은 그 손으로 내 어깨를 움켜쥐었다. 그녀의 손가락뼈 마디마디가 모두 내 살 속을 파고드는 느낌이 들었다. 그녀의 또박또박한 목소리가 내 고막으로 침투했다.

"이 앞에서 당신의 현실은 아무것도 아닙니다. 어떤 죽음도 해결할 수 없는 문제 앞에서 무릎 꿇고 허물을 벗고 난 세상은 천국과 같은 것이니. 수거당하는 정신! 지리멸렬한 생의 종말! 탈선된 핏줄과 살해된 피해 의식 낙인의 음성 희로애락의 배제와 분리와 부유하는 평등 평균 평범 목 매달린 탑 속에서 자살하는 심장 위장 폐장 간장 대장 직장 십이지장 내장 온갖 창자가 뒤집혀 끊어지는 음성이 내착된 내전의 파동의 심리의 기조의 적과 나와 수치와 선망과 육화된 역설적 생이 뒤섞인 색채가 뒤집혀 흐르고 몸속에 있는 모든 세포에서 알람이 울리고 마침내 마침내 마침내 깨어나게 될 것입니다. 그것이 신호입니다. 그것을 증명해 보이세요. 사람들에게 고하세

그분이 오신다

요! 바로 당신을!"

"이거 놔!"

나는 그녀를 밀쳤다. 내 어깨를 터트릴 것처럼 우악스럽게 움켜쥐었던 그녀의 손가락이 힘없이 풀어졌다. 최진호는 바닥으로 내쳐지는 박도경을 재빨리 잡아 냈다. 온몸이 덜덜 떨렸다. 나는 박도경의 말을 이해할 수 없었다. 따라갈 수 없었다는 게 더 마땅한 표현인 것 같다. 그럼에도 내 안에서는 단 한 가지의 생각이 선명하게 떠올랐다. 그러니까, 이 모든 상황이 내 잘못이 아니란 거지? 아이가 죽은 것도. 내가 살인자로 몰리게 된 것도. 내가 이런 인생을 살게 된 것도 내 탓이 아니라는 말이지?

박도경의 말은 흉물스러웠지만 내가 살인자가 아니라는 사실을 확신하게 만드는 무언가를 발견했다는 점에서 중요했다. 한쪽 피부가 벗겨진 시체. 붉은색 포르쉐보다 더 붉고 짙게 아스팔트를 물들이던 피. 아직도 생생하게 느껴지는 아이의 차가운 살가죽. 그 모든 것들이 내 탓이 아니라면 나머지는 아무래도 좋았다. 내 잘못이 하나도 없다는 확인을 받고 책임감에서 벗어날 수만 있다면 뭘 동원하든 상관없었다. 이들의 말속에서 나는 구원받을 수 있을 것만 같았다. 살인이라는 죄목에서도, 인터넷에 박제된 조롱거리 처지에서도, 내 평생을 괴롭힌 허물에서도. 설령 이들의 말이 사실이 아닐 지언정 이들의 말에 세뇌당했다는 핑계를 대면 지금의 문제에서 벗어날 수도 있을 것 같았다.

따리리-

현실로 돌아오라는 듯 전화벨이 울렸다. 엄마였다. 엄마와 변호사가 번갈아 계속 전화를 걸고 있었다. 시간은 벌써 오후 2시였다. 경찰서에 가 있어야 할 시간이었다. 정말로 가지 않으면 안 된다. 아니, 이미 늦었다. 사실 한참 전부터 늦었다는 것을 알고 있었다. 나는 이곳을 떠나서 그 도로를 다시 건널 수 없었다. 그 도로를 건너지 않고 해결할 수 있는 유일한 방법은 눈앞에 있는 이들을 믿는 것이었다. 믿음은 편리하다. 지식에 기대어 끊임없이 의심하지 않아도 된다. 생각하지 않아도 되고 질문하지 않아도 된다. 그러니 불안해하거나 두려워할 필요도 없다. 맹목적이고 달콤한 순종 앞에 나는 무릎을 꿇을 수밖에 없었다. 내가 찾는 구원이 여기에 있었다. 나는 바들바들 떨리는 성대를 꾹꾹 누르며 토해 내듯 말을 뱉었다.

"그때 유튜브 촬영해도 돼요?"

박도경은 웃음을 터트렸다. 비명 같은 웃음이었다. 최진호는 촬영 기록을 자신에게도 넘겨 달라고 말했다. 그들은 탐사자를 보내어 얻게 될 지식에

그분이 오신다

굶주린 자들이었다. 나는 내 채널을 구독하기만 하면 된다고 답했다. 기왕 보는 김에 좋아요도 함께 눌러 주면 더 좋다고.

[엄마: 구속영장이 나왔다. 경찰들이 집에 찾아왔어. 니 컴퓨터고 뭐고 다 뜯어 갔다.]
[엄마: 너 대체 어디야…. 엄마 변호사님이랑 방법 찾고 있어. 솔직하게 말해.]
[엄마: 정말 네가 그랬니?]

마지막으로 엄마에게 온 문자를 확인하고 핸드폰을 소각로에 버렸다. 녹음기도 던졌다. 박도경과 최진호는 내가 디자이너를 찾아갈 수 있도록 도움을 아끼지 않았다. 대포 폰을 새로 개통해 주었으며, 식사와 잠자리를 제공했다. 내가 촬영 장비가 필요하다고 말하자 그들은 기꺼이 액션 캠을 사 주었다. 나는 이걸로 내 채널에 실시간 방송을 올릴 생각이었다. 사람들의 시선을 받으며 디자이너라는 작자의 면상에 주먹을 갈기고야 말 거라고 다짐했다. 덜덜 떨리는 정신 틈으로 다시금 양리나가 떠올랐다.

그 아이의 작고 예쁜 뺨에 내 주먹이 꽂히고, 그 아이의 고개가 반대편으로 꺾이고, 그 아이의 온몸이 중심을 잃고 땅바닥으로 처박히던 모습. 딱딱한 교실 바닥에 부딪혔던 고개를 든 그 아이의 새하얀 피부 위로 코피가 흐르던 모습. 눈물과 피가 뒤범벅이 된 얼굴로 무어라 말도 하지 못한 채 공포에 질려 울음을 터뜨리던 모습. 그 표정. 그 얼굴. 아이돌이 되어 카메라 앞에서 수없이 다양한 연기를 한다 해도 절대로 누구에게도 보여 주지 않을 그 순간이 나로 인해 벌어졌으며 그 모습을 본 사람은 이 세상에서 나 혼자라는 사실에 대한 엄청난 고양감. 양리나는 존재 자체만으로 새빨간 무언가를 내 몸속에서 끓어오르게 만들었다. 이건 뭘까. 뉴스 헤드라인에 내 이름이 오르고 긴급 수배가 진행되는 와중에도 나는 이 들끓는 감정에 이름을 붙이지 못했다. 혼돈 속에서 3일 밤을 보낸 내게 박도경은 모든 정보를 알아냈다며 종이 한 장을 건넸다.

"때가 되었습니다."

종이에는 디자이너가 사는 곳의 동, 호수와 출입문 비밀번호가 프린트되어 있었다. 이상하게도 익숙한 주소였다. 유가족의 집이었다. 그 집에 애가 한 명 더 있었다. 씨발놈들. 절로 욕이 나왔다. 지들이 제 자식 허물을 벗기며 오컬트 놀이를 하다가 애를 잃어버렸고 그 애가 내 차에 치여 죽은 거였다. 자기들이 죽으려 했다는 사실이 들통날까 봐 재판 열고 나에게 덮어씌울 작정인 게 분명했다. 박도경과 최진호는 검은 우비와 함께 하이바를 준

그분이 오신다

비해 주었다. 건네받은 하이바는 내가 방송할 때마다 쓰던 것과 같은 디자인의 물건이었다. 왠지 웃음이 났다. 나는 준비를 하겠다고 했다. 박도경은 이 글을 읽고 가면 도움이 될 거라며 종이 한 장을 더 내밀었다. 오래전 디자이너가 그분에게 바친 동화를 옮겨 적었다고 했다. 나는 박도경이 건네준 글을 읽어 내려갔다. 제목은 '보고 있어요'였다.

보고 있어요. 아이가 말했습니다. 부모는 아이가 무서워하며 바라보는 곳을 함께 바라보았지만, 아무것도 보이지 않았습니다. 아무도 보지 않는단다. 다정한 목소리로 엄마가 말했지만 아이는 믿지 않았습니다. 아이는 앞머리를 턱까지 내리고 사람들의 시선을 피해 다녔습니다. 샥 샤샥 샤샤샥. 닌자가 된 것처럼 아이는 늘 어딘가에 몸을 숨기고 있었습니다. 늘 숨어 있으면 세상 사람들과 함께할 수 없어. 아빠가 엄한 목소리로 말했지만, 아이의 대답은 늘 같았습니다.

보고 있어요.

어느 날 아이는 자신의 오른 손등에 돋아난 작은 사마귀를 발견했습니다. 손톱을 세워 뜯어내려고 했지만 아프기만 하고 사마귀는 떨어지지 않았습니다. 작은 사마귀는 딴딴한 돌처럼 변했고 그 위로 딱지가 졌습니다. 시간이 지나 딱지가 떨어지자 작은 눈이 피어났습니다. 아이는 자신의 두 눈을 양손으로 폭 가려도 손등에 달린 눈으로 세상을 볼 수 있었습니다.

눈씨가 피어났군요.

병원에 가자 의사가 말했습니다. 어찌하면 좋을까요? 부모가 묻자 의사는 이 아이가 무엇도 보지 못하게 해야 한다고 말했습니다. 무언가를 보면 볼수록 눈씨가 점점 퍼져 나갈지도 모른다고요. 부모님은 아이의 눈에 안대를 씌우고 손에는 장갑을 끼워 주었습니다. 하지만 이미 아이의 뒤통수에는 작은 눈이 하나 피어났습니다.

보고 있어요.

아이는 이제 동시에 앞과 뒤를 볼 수 있고 왼쪽과 오른쪽 위와 아래를 한꺼번에 응시할 수 있게 되었습니다. 수십 수백 개의 눈이 동시에 다른 사람들을 바라보았고 수십 수백 명의 사람들이 아이를 바라보았습니다. 아이의 부모는 아이를 시선에서 구해 주지도 지켜 주지도 못했으며 그들조차 아이의 눈길에서 벗어날 수 없었습니다.

눈씨는 계속 계속 피어나 아이의 온몸에 빼곡히 차올랐습니다. 눈과 눈이 피어난 자리가 가까워지자 이윽고 눈동자가 두 개 들어 있는 하나의 큰 눈

그분이 오신다

으로 합쳐지기도 했습니다. 엄마와 아빠는 아이가 누군가에게 시선을 주거나 시선을 받지 않도록 방에 가두기로 마음먹었습니다.

엄마와 아빠는 아이의 눈에 띄지 않으려 방문 아래 작은 문을 만들어 그 안으로 맛있는 식사를 주고 화장실을 대신할 통을 넣어 주었습니다. 조금만 있으면 눈씨가 사라지겠지. 아이의 엄마 아빠는 매일 밤 기도했습니다.

보고 있어요.

어느 날 방문 안쪽에서 아이의 목소리가 들렸습니다. 비명에 가까운 소리에 엄마 아빠는 헐레벌떡 방문을 열었습니다. 방 안에 아이는 없었습니다. 대신 거대하고 커다란 하나의 눈이 아이의 엄마와 아빠를 지긋이 바라보고 있었습니다. 그 시선을 받은 엄마와 아빠의 몸은 퇴화하듯 무능하게 흐물거리며 줄어들었습니다. 커다란 눈이 된 아이의 눈빛에는 아주 날카로운 이빨과 발톱이 달린 듯 눈길이 닿은 곳마다 엄마와 아빠의 살이 찢겨 나갔습니다. 아이를 지켜보는 모든 존재가 사라진 그곳에서도, 이제 입이 어디 있는지 존재하기는 하는지도 알 수 없는 아이의 목소리가 울려 퍼졌습니다.

봐요. 아직도, 보고 있어요.

나는 의아스러웠다. 박도경은 마침내 눈이 된 자가 디자이너라고 했고, 그가 눈을 감고 있을 때의 모습은 사람과 같다고 말했다. 어떤 종교에서든 적당한 공포감과 위압감을 조성해야 하는 법이니, 이 디자이너라는 작자는 눈을 감고 다니며 자기가 앞을 보면 멸망이 온다고 말하는 부류의 사람이지 않을까 싶었다. 최진호와 박도경은 허물 벗은 왕을 모시는 종교를 꽤나 믿고 있는 모양이었지만 난 그렇지 않았다. 내가 믿는 것은 오직 증명, 그것 하나뿐이었다.

나는 걱정 말라고 말하며 액션 캠을 매달기 위한 마운트 스트랩을 장착했다. 납작하고 질긴 검정 스트랩을 조끼처럼 착용하고 가슴 앞에서 버클을 채웠다. 가슴 한가운데에 카메라를 지탱할 수 있는 브래킷이 있어서 거기에 카메라를 장착했다. 촬영 준비를 완료했다. 그들이 준비해 준 검은 우비를 걸치고 카메라 렌즈 앞의 단추를 풀었다. 최진호는 새까맣게 선팅된 스타렉스 안에서 대기 중이었다.

아파트 단지는 어두웠다. 밤 12시밖에 안 됐는데도 아파트 창문에서 나오는 빛이 단 한 점도 없었다. 최진호는 나를 내려 주고는 순식간에 사라져 버렸다. 아스팔트 위로 검은 물이 여기저기 고여 있었다. 처음에는 비가 온 모양이라고 생각했지만,

그분이 오신다

찰박거리며 밟고 지나가 보니 어쩐지 점성이 느껴졌다. 꾸덕한 진흙을 밟은 듯한 감각이 기이했지만 지금 상황에서 그건 중요한 게 아니었다.

엘리베이터를 타고 올라가는 동안 나는 핸드폰과 액션 캠을 연동시켰다. 애플리케이션을 사용하면 액션 캠으로 촬영 중인 영상을 라이브 방송으로 유튜브에 올릴 수 있었다. 내가 방송을 시작하자마자 구독자들이 접속하기 시작했다. 나는 준비한 멘트를 했다. 오늘이 바로 약속한 증명의 날이라고. 나는 의도를 알 수 없는 음모에 휩싸였고 내 인생을 나락으로 내몬 자들의 실체를 증명해 내기 위해 이 자리에 왔다고 말했다. 사람들의 반응은 폭발적이었다. 가슴이 뛰기 시작했다. 지금껏 살아온 세월을 통틀어 살아 있다는 느낌이 가장 충만하게 드는 순간이었다. 나의 영향력이 모든 이에게 작용하고 있었다. 기묘한 희열로 몸이 달아올랐다. 나는 유가족 집 앞에 도착해 초인종을 눌렀다.

딩동. 딩동. 딩동.

문을 두드리고 초인종을 누르기를 반복했다. 문에 귀를 대 보았지만 아무런 소리도 들리지 않았다. 나는 미리 알아 온 번호 키 비밀번호를 눌렀다.

문을 열자 내가 마주한 것은, 끔찍한 침묵과 바닥에 낭자한 핏자국뿐이었다. 새빨간 피에서 올라온 비린내가 하이바를 뚫고 콧속으로 들어오는 것만 같았다. 나는 소용없다는 사실을 알면서도 하이바 앞을 손으로 막았다. 후각은 너무나도 직관적인 감각인지라 다시금 차체 앞에 으깨져 있던 아이의 모습이 떠올랐다.

욱.

토기가 치밀어 올랐지만 애써 삼켰다. 토사물을 삼킨 뒤의 시고 씁쓰름한 맛이 혀에 감기듯 남았다. 토사물 냄새가 느껴졌다. 이 역겨운 냄새가 피 비린내보다 나았다. 나는 어지러운 가운데 시야를 확보하기 위해 정신을 집중하려 애쓰며 집 안으로 성큼 걸음을 옮겼다. 바닥의 핏자국들은 격렬한 몸싸움 끝에 남은 것이라기보단 폭탄이 터져 파편처럼 흩뿌려진 것 같았다. 입이 바싹바싹 말라 갔다. 나도 모르게 온몸이 달달 떨렸다. 불현듯 무기가 필요하다는 생각이 들었다. 나는 조심조심 싱크대 쪽으로 걸어가 식칼 정리대에 놓인 칼을 집어 들었다. 내가 칼을 휘둘러 누군가를 찌른다 해도 명백히 위험을 막기 위한 정당방위 행동임이 분명했다. 거실과 주방 사이 직선으로 난 복도 끝에 문이 보였고, 그 양옆으로 닫힌 문이 두 개 더 있었다.

나는 숨죽여 걸어가 가운데 문을 먼저 열었다. 이곳은 욕실이었다. 욕실엔 어떤 핏자국도 없었다. 나는 입을 헹궈 내고 싶어졌다. 하지만 소리가 들리면 이 집에 있을지도 모르는 누군가에게 내 위치를 알려 주는 거나 다름없었다. 나는 숨을 몰아쉬었다. 왼쪽과 오른쪽 방 중 어디로 가야 할지 선택해야 했다.

나는 핸드폰을 꺼내 유튜브 채널의 채팅방을 확인했다. 설정이냐, 실화냐, 조작이냐, 신고해야 하는 거 아니냐는 의심들보다 왼쪽 문을 열라는 말과 오른쪽 문을 열라는 말 사이의 팽팽한 대립이 더 눈에 띄었다. 그래. 이 영상의 내용이 진실인지 거짓인지보다 사람들은 왼쪽 문과 오른쪽 문을 열었을 때 펼쳐질 광경을 더 궁금해했다. 그게 더 재밌으니까. 그들은 재미를 즐기는 자들이었다. 어쩌면 알고 싶은 자들일지도 몰랐다. 진실을 탐구하고자 하는 박도경과 최진호처럼. 사람들은 알고 싶은 욕구로 요동치고 있었다. 제 두 눈으로 확인하고 싶은 욕구. 그들은 시각에 굶주린 짐승들이었다. 나는 카메라를 앞에 두고 왼쪽 문 앞에 손가락 한 개, 오른쪽 문 앞에 손가락 두 개를 펼쳐 보였다. 방금 전까지 바짝 겁을 먹었던 마음이 우스울 정도로 가라앉았다.

웃음은 좋은 것이었다. 재미는 편리했다. 끔찍함도 혐오스러움도 공포감도 재미만 있으면 가볍게 소비되었다. 채팅창에 1과 2들이 수없이 올라왔고 둘 중에 1이 더 많았다. 왼쪽 문이었다. 나는 조심스레 왼쪽 문의 손잡이를 돌렸다. 끼익 열린 문 너머, 새빨간 방이 보였다. 그 가운데 벌겋고 축축이 젖은 침대와 그 위에 다소곳이 앉은 소녀의 뒤통수가 보였다. 어. 깜짝 놀란 나는 재빠르게 몸을 뒤로 뺐다. 문을 등지고서 놀란 가슴을 진정시키려고 구독자들에게 속삭였다. 봤냐고. 생방송 댓글 창은 물음표로 도배되었다. 빨리 상황 설명을 해 달라고 폭주하는 시청자들의 모습을 보니 지금 이 상황이 게임처럼 느껴졌다. 마른침을 삼키며 눈치를 보았다. 문 너머에서는 아무런 움직임이 느껴지지 않았다. 어쩌면 죽었을지도 몰랐다. 나는 마이크에 대고 소곤거렸다.

"와아. 여러분, 이거 장난 아니고 다 피야. 진짜 피. 냄새 지려요. 팔뚝 보여 줄게. 진짜 소름 돋았어. 나 다시 들어갈 테니까 여러분, 같이 봐 줘야 해요. 여러분이 내 증인이야. 알지? 우린 같은 편이고."

나는 가슴팍에 달린 카메라 앞에 대고 간절하게 두 손을 모았다. 부탁의 말을 다 끝내지도 못했는데. 쾅, 하는 소리가 나면서 문이 활짝 열렸다. 핸드폰 액정에 뜬 시청자 댓글들이 모두 뒤를 보라고 소리치고 있었다. 나는 뒤로 돌았다. 네모난 문틀 너머 피 칠갑이 된 방이 훤히 드러났다. 그 앞에는 소녀가 서 있었다.

그분이 오신다

"그들을 만났군요."

나는 굳어 버렸다. 소녀는 눈을 감고 있었다. 나는 해야 할 말이 있었다. 하지만 머릿속의 모든 사고 회로가 죄다 꼬여 버린 것만 같았다. 말이 나오지 않았다. 눈앞의 아이는 내가 죽인 그 아이와 모습이 똑같았다. 쌍둥이였던 것일까. 이 작은 존재에게 이토록 큰 두려움을 느끼고 있다는 게 믿기지 않았다. 나는 숨을 고르기 위해 노력했다. 소녀는 내 대답을 기다리는 듯했다. 나는 눈동자를 굴려 핸드폰 채팅 창을 바라보았다. 한다는 짓이 겨우 어린애 데리고 판 짜는 거냐는 댓글들. 조롱하고 무시하는 말들. 그래, 언제나 이게 내 원동력이었다.

"… 뭐, 뭐야?"
"이건 당신의 허물이에요."

소녀는 점점 내게로 다가왔다. 계속 눈을 감고 있는데도 그 아이는 한 치의 휘청거림도 서성임도 비틀거림도 없이 똑바로, 마치 눈앞이 보이는 사람처럼 걸어 내 앞으로 오려 했다. 나는 소녀의 걸음에 맞춰 뒤로 물러났다. 가까이 오지 말라고 이야기했지만 소녀는 내 말을 듣지 않았다. 어느새 거실까지 뒷걸음질 쳤다. 나는 손에 든 칼을 휘둘러 보았다. 공기를 가르는 쇠 날의 소리가 우리 두 사람에게 전해졌다. 나는 칼을 들고 있으니 가까이 오지 말라고 했다. 소녀는 걸음을 멈췄다.

"늘 허물이 당신을 괴롭게 하죠. 두려워 마세요.
이제 그분이…"
"응, 헛소리 안 듣죠? 여러분. 보고 계시죠? 제가
오늘 사이비 교주 참교육 갑니다."

소녀는 잠시 입을 다물었다. 걸음도 멈췄다. 내
게 행동할 기회를 주는 것 같았고 그 모습은 자비
로워 보이기까지 했다. 생방송 채팅 창은 애를 칼
로 찌르는 거냐고 난리가 났다. 할 수만 있다면 당
장에라도 칼을 휘둘러 모든 걸 끝내고 싶었다. 하
지만 그건 사회적 자살이나 다름없었다. 내가 어떻
게 해서 살아남았는데. 잠시 고개를 흔들며 머릿속
에 찾아온 이상한 생각을 떨쳐 냈다. 그래. 댓글을
보자. 온몸을 타고 흐르는 공포도, 자꾸만 겹쳐 보
이는 죽은 아이의 끔찍한 모습도 인터넷 안에서는
별거 아닌 일이었다. 증명해. 증명해. 증명해. 사람
들이 주문처럼 외쳐 댔다. 나는 용기를 얻었다.

"야. 너 내 구독자 몇 명인 줄 알아? 80만이야.
씨이바 조회 수 100만은 그냥 찍어. 내가 사람들
의 눈이야. 다 보고 있다고. 네가 쨀 수 있을 거
같아? 니 못 째! 니 좆 됐어! 니 인생은 여기서
나가리야. 여러분, 쟤 그냥 어린애 아니에요. 사
람 피부 벗겨 죽이고 선량한 시민에게 덮어씌우
려던 교주예요. 괴생물체는 뭐냐고? 아. 빡대가

그분이 오신다

리야? 이 집이 이렇게 개판이 났는데 저것들이 뭐라도 했나 보지. 야, 딱 말해. 너 뭐 하는…."

소녀는 눈을 떴다. 먼저 얼굴에 자리한, 본래 사람의 눈이 있는 위치에 있는 눈을. 그러더니 마치 포옹을 하려는 것처럼 두 팔을 활짝 벌렸다. 소녀의 양팔에 있는 수백 개의 빗금이 벌어졌다. 빗금이 아니라 그건 눈이었다. 눈이 벌어지고 있었다.

"당신의 모든 것, 그분이 보고 계세요."

순간 박도경이 보여 준 동화 내용이 생각났다. 시선이 닿는 곳마다 살이 무참히 찢겨 나갔다던 그 문장. 온몸에 전율이 흘렀고 이윽고 끔찍한 고통이 뼛속까지 침투해 왔다. 나는 눈을 감았다. 눈꺼풀이 감기는 그 찰나에 수백, 수천 개의 눈동자를 마주쳤다. 소녀의 시선이 닿은 내 모든 피부, 내 모든 세포 하나하나가 비명을 지르는 것 같았다. 나는 괴성을 지르며 집 밖으로 뛰쳐나갔다.

저게 뭐야. 엄마. 엄마. 저게 뭐지. 저게 뭐야. 뭐야. 뭔데. 살려 줘. 살려 줘. 엄마. 나 모르겠어. 엄마. 내가 잘못했어. 저게 뭐야. 저게 뭔데. 뭐야. 모르겠어. 무서워. 무서워. 살려 줘. 엄마. 살려 줘. 엄마. 살려 줘. 제발. 무서워. 경찰. 신고. 신고를. 저게 뭔데. 아파. 뭐야. 살려 줘. 아파. 왜지. 살려 줘. 엄마. 아파. 나. 왜. 엄마. 왜 아파. 왜. 왜 아프지.

엘리베이터를 탈 정신도 없이 계단을 향해 뛰어 내려갔다. 한참을 내려가 입구 밖으로 나오고 나서야 왼쪽 팔이 허전하다는 느낌이 들었다. 왼팔. 왼팔이 없어졌다. 왼팔이 있던 자리엔 텅 빈 공간뿐. 거짓말처럼 새하얀 어깨뼈가 삐죽 나와 있어 연결된 무언가가 있었음을 상기시키는 듯했다. 내가 도망쳐 온 길에 핏자국이 이어져 있었다. 나는 어깨를 붙잡으며 주저앉았다. 힘이 풀려 쿵 주저앉았음에도 무릎의 통증을 느끼지 못했을 만큼 사라진 팔의 통증이 온몸에 스며들어 왔다. 아프다. 그 말을 할 수 없을 만큼 아팠다. 뒤통수가 뻐근해졌다. 피가 너무 많이 흐른 탓이었을까. 심장에서 펌프질해 보낸 피가 뇌로 가지 못하고 엉뚱한 곳으로 흘러내려 가는 듯한 느낌이었다. 멍해지는 정신을 붙잡으려 안간힘을 썼다. 생각해. 생각해야 했다. 아이의 눈에 온몸이 노출됐는데 왜 한쪽 팔만 잃었을까. 나는 아이의 눈동자가 핸드폰을 들고 있던 내 왼손과 왼팔을 향했음을 알아차렸다. 시선에 닿으면 죽는다. 디자이너는 그런 존재였다. 눈에 띄는 순간 찢겨 죽을 텐데 어디로 피해야 하는 걸까. 난 그 존재를 응시할 수 없지만 그 아이는 날 볼 수 있다. 아이의 시선이 닿는 순간 내 존재는 도륙 나 버린다. 욱. 나는 한 손으로 하이바를 잡아 겨우 벗어 던졌다. 텅, 소리와 함께 검은 하이바가 빗물 사이로 굴러갔다.

그분이 오신다

우에엑.

나는 토했다. 토해 냈다. 이번엔 참을 수 없었다. 숨이 잘 쉬어지지 않았다. 끔찍한 냄새가 콧속을 파고들었다. 내 피 냄새인데도 이 비린내가 너무나 역겨웠다. 내리는 비에 온몸이 젖어 들어갔고, 그 존재가 나를 응시하려 창문 밖으로 얼굴을 내밀지 모른다는 생각에 공포감이 들었지만 나는 한 걸음도 내디딜 수 없었다.

눈앞에 시체가 있었다. 내가 치어 죽인 아이의 시체였다. 환상일까. 나는 홀린 듯이 아이가 있는 곳으로 향했다. 몇 번 일어서려 했지만 온몸이 가눌 수 없을 정도로 벌벌 떨려 기어갈 수밖에 없었다. 한쪽 팔이 없어 무릎과 오른쪽 어깻죽지로 벌레처럼 꿈틀대며 시체 앞에 당도했다. 얼굴을 보기 위해 아이의 머리통에 손을 뻗어 고개를 젖히자 뇌수가 튀어나온 양리나의 머리가 보였다. 나는 비명을 질렀다. 어느새 시체는 아이가 아니라 성인 여자의 몸으로 변해 있었다. 아파트 옥상에서 투신해 죽은 양리나의 시체를 생생히 내 눈으로 목격하고 있는 것만 같았다. 그 시체는 족쇄처럼 내 움직임을 모두 멈추게 했다. 발가락 하나도 움직일 수 없었다. 도망갈 수가 없었다. 커헉, 헉 삼킨 숨에 빗물, 콧물, 눈물이 뒤섞여 목 안으로 들어갔다. 제발 움직이라고 외치면서 몸을 움직이려 해 봤지만 그 시체 곁에서 나는 조금도 벗어날 수 없었다. 그 애가 나에게 말을 거는 듯했다. 내가 했다고. 내가 자신의 인생을 망쳤다고. 삶을 바쳐 내 눈앞에서 자신의 말을 증명하고 있는 것 같았다. 나는 울부짖었다.

"씨발, 너도 잘못했잖아. 너도. 잘못한 거잖아. 너도 나 혐오스럽다고 했잖아. 너도 나 역겹다는 눈으로 쳐다봤잖아. 너도 그 눈으로. 너도 날. 너도 날, 이 씨발년아. 아 씨바아알! 인생 존나 쉽게 살아 놓고 왜 니가 뒤지는데. 이 개새끼야! 뒤져 놓고 왜 내 앞에서 이러는데. 왜! 왜 죽었는데! 왜 네가 죽었는데. 왜. 네가."

비가 수없이 내렸다. 물은 하수도로 빠져나가지 못하고 아스팔트 바닥 위를 점차 찰랑이며 메워 갔다. 오물처럼 끈끈한 검은 물이었다. 거울 같은 물 위로 내가 비쳐 보였다. 무릎 꿇은 내가 보였다. 그 앞에 서 있는 어린 양리나가 보였다. 크고 예쁜 눈, 오뚝한 코, 하얀 피부, 도톰한 입술이 한 점 한 점 뜯겨 나갔다. 어둠 속에 자리한 수천 개의 눈들이 양리나의 살점을 쥐어뜯었다. 안 돼. 나는 소리쳤다. 동시에 인정할 수밖에 없었다. 가슴속에 끓어오르는 이 감정의 이름 앞에서 처절하게 무릎 꿇고 고개 숙일 수밖에 없었다. 양리나의 피부가 무참히 찢겨 안에 있는 새빨간 근육과 핏줄이 드러났다. 시뻘건 짐승이 내 눈앞에서 피를 흘리고 있었다.

그분이 오신다

양리나는 죽어서야 허물에서 벗어났다. 나는 절망했다. 나는 그저, 단 한 번만, 단 한 번만 양리나가 나를 다르게 바라봐 주길 원했다. 벌레가 아니라 인간으로 봐 주길 원했다. 그게 어느새 내 인생의 목표이자 내 삶의 전부가 되었다. 끝내 날 인간으로 보지 못한다면, 너도 내가 받는 시선을 느껴 보길 바랐을 뿐이다. 그게 다였다. 정말로. 그게 다였다. 그게 양리나를 죽일 줄 몰랐다. 나는 그래도 살아남았는데 왜 너는 면역 없이 죽어 버린 거냐고 따지고 싶었다. 그러고선 왜 지금 내 눈앞에 나타나 한 걸음도 도망치지 못하게 하는 거냐고. 왜. 왜.

"내가 잘못했어. 미안해. 내가 잘못했어. 내가. 제발 나 보내 줘. 움직이게 해 줘. 살려 줘. 잘못했어. 잘못했습니다. 죄송합니다. 죄송합니다. 제가 잘못했습니다."

꺼억꺼억거리며 울었지만 아직 눈물을 다 쏟아 내지 못했는데 등 뒤로 천둥이 치는 듯한 소리가 들렸다. 아니다. 천둥이 아니었다. 건물이 무너지는 소리였다. 그럼에도 이 시체 앞을 넘어갈 수가 없었다. 견고한 바리케이드 같은, 내가 무시하고 갈 수 없는 아주 끔찍한 죄가 내 눈앞에 있었다. 무서웠다. 질척거리는 진흙탕 속에서 허우적거리며 어떻게든 시체를 보지 않으려고 고개를 숙였다. 바로 그때, 비가 멈췄다. 모든 소리도 침묵으로 돌아갔다. 나는 조심스럽게 고개를 돌려 보았다. 죽을지도 몰랐다. 터져 버릴지도 몰랐다. 하지만 고개는 돌아갔다. 약간의 움직임에 목숨이 달려 있는데도 나는 시각의 욕망을 이겨 내지 못했다.

고개를 꺾어 본 그곳에 더 이상 아파트는 없었다. 아파트였던 잔해를 짓밟은 거대한 다리가 보였다. 곤충의 다리인지 짐승의 다리인지 쉼 없이 꿈틀거리며 형상을 바꾸는 그 다리는 허물이 벗겨졌는지 호흡하듯 움직이는 촉수가 뒤엉킨 푸른 근육질 사이로 검은 피를 흘리고 있었다. 나는 고개를 치켜들었다. 그 존재는 너무나도 거대해서 내가 고개를 든다고 한들 감히 얼굴을 응시할 수조차 없었다. 인간 앞에 선 개미가 된 기분이었다. 그저 검고 푸르게 일렁이는 연기 같은 색채 속에서, 살아 숨 쉬는 블랙홀과 같은 몸뚱이로부터 솟구쳐 나온 수백 수천 개의 그림자 같은 다리들이 끔찍하게 시야를 어지럽히며 눈에 채 담기지 않는 거대하고 압도적인 제 몸을 드러내고 있었다.

이윽고, 이윽고 형언할 수 없는 낮은 울림이 밤하늘을 찢어 냈다. 찢긴 하늘 사이로 수만 마리의 벌레가 동시에 날갯짓을 하는 것 같은 소리가 들렸다. 푸르게 빛나는 별 같은 무언가가 유성처럼 쏟아져 내렸다. 그 사이사이로 몸에 맞지 않는 길쭉한 얼굴에 인간의 허물을 억지로 뒤집어쓰고, 거대

그분이 오신다

사마귀의 몸체를 한 해괴한 존재가 하늘을 가르며 날아다녔다. 땅 위에서는 검은 우비를 뒤집어쓴 자들이, 아니 그분을 섬기는 추종자들이 하나둘 걸음을 옮기기 시작했다. 괴이한 비행체들에 의해 추종자들의 허물이 하나둘 벗겨졌다. 추종자가 아닌 자들은 몸이 반으로 또 반으로 찢겼다. 나는 품에 있던 카메라를 빼내려 했다. 손이 미끄러워 마운트에서 해제하기가 어려웠다. 벌레의 날갯짓 소리와 여기저기서 울려 퍼지는 추종자와 추종자가 아닌 자들의 뼈를 찢어발길 것만 같은 울음소리. 그 속에서도 나는 그저 죽고 싶지 않았다. 그게 다였다. 나는 카메라를 바라보며 엄마를 불렀다.

"엄마. 나 좀 살려 줘. 엄마 말이 다 맞아. 내가 잘못했어. 나 바로 옆 동에 있어. 엄마 아들 죽는다고. 내 채널 구독하고 있지? 제발 여기로 와 봐. 나 좀 구해 줘. 아니 엄마, 아니 이 씨발것들아. 니들 다 보고 있잖아. 나 보이잖아. 내가 하는 말 들리잖아. 야. 바로 너. 처보고 있지 말고 구해 달라고. 너 내가 어디 사는지 다 알잖아. 내가 누군지도 다 알잖아. 씨이발. 제발요. 살려 주세요. 죽고 싶지 않아. 제발. 보지만 말고 저 좀 살려 주세요. 난 증명했잖아."

내가 울부짖을 때마다 시야가 한 꺼풀씩 어두워지는 것 같았다. 거대한 그림자가 내게 달려오고 있었다. 내 타이핑 속도보다 빠르게. 내가 몰던 차의 속력을 뛰어넘어 거대하고 육중한 무언가가 내 삶을 완전히 으깨 버릴 것처럼 다가왔다. 나는 빌고 빌었다. 허물을 벗고 그분의 품에 안기게 해 달라고. 이대로 길바닥에 밟혀 죽는 벌레처럼 생을 마치지 않게 해 달라고. 온몸의 세포들을 깨우며 울리는 그 신호를 받게 해 달라고. 아무리 간절히 바라도 내 몸속을 울리는 건 소름 끼치는 침묵뿐이었다. 곧이어 검은 어둠이 내 몸을 삼키고 허물 벗은 왕의 푸른 근육과 검은 핏속에서 내 온몸이 짓이겨졌으며 내 온 정신과 영혼이 뜯겨 나갔다. 조각난 영혼의 파편 속에서 내 의식이 마지막으로 마주한 것은 별의 자손들을 향해 온몸으로 검은 눈물을 흘리는 허물 벗은 왕이었다.

아아. 그분이 오신다. 그분이 오신다. 그분이 당도하셨다.

그분이 오신다

작가의 말

어떤 일들은 평생 무너질 수밖에 없는 것 같습니다.

살다 보면 부르지도 않았는데 찾아온 불행 앞에서 터무니없는 무력감을 느끼는 순간이 있잖아요. 원인과 결과가 이어지지도 않고, 미리 대비할 수도, 노력으로 어찌할 수도 없어서 그저 앵무새처럼 허공에 대고 "왜… 왜….'만 외치게 되는 그런 일요.

어느 날 갑자기.

괴이한 존재들이 나타나는 이야기들을 만날 때마다 저는 제가 선택하지 않았지만, 안고 살아가야만 하는 끔찍한 일을 마주했을 때와 비슷한 감정을 느꼈습니다. 그래서인지 절대적 존재 앞에서 절망하고 미쳐 버리고 죽음을 택하는 것이 너무나도 당연한 코즈믹 호러 장르에 굉장히 큰 위로를 받으며 어린 시절을 보냈어요. 제가 생에서 마주해야만 했던 공포에는 답이 없었는데, 다른 장르에서는 마치 이를 해결할 수 있는 것처럼, 개인의 의지와 용기와 뛰어난 지성으로 극복할 수 있는 것처럼 말하곤 했으니까요.

그래서 물리칠 수 없는 재앙 앞에 우리의 나약함이 날것으로 드러나 짓이겨지는 이야기를 해 보고 싶었습니다. 사회에선 함부로 나약할 수 없으니까요. 우리의 보잘것없음이, 하찮음이, 무력함이 당연하게 여겨지는 손바닥만 한 지옥을, 이유 없이 끔찍하기만 한 도피처를 만들고 싶다는 마음으로 이번 작품을 쓰게 되었습니다.

작가의 말

제가 표현하고 싶었던 세계가 여러분께 잘 도착했을까요. 사실 집필하는 내내 많이 염려스러웠습니다. 저조차도 완전히 이해하지 못한 것을 기어코 붙잡아 이야기해 보겠다고 발버둥을 치는 것만 같아서요. 하지만 휘적이기라도 하지 않으면 영영 잡지 못할 테니까, 썼습니다. 제가 가장 두려워하면서도 사랑하는 일은 이것뿐이니까요.

어쩌면 평생 나 혼자만 사랑하는 글을 쓰는, 짝사랑의 생을 살지 않을까 하는 상상을 하곤 했는데 이렇게 단행본을 출간하고 독자분들을 만날 수 있게 되어 정말로 기쁩니다. 저는 아무 일이 벌어지지 않아도 쉽게 허물어지곤 하는 사람인데 이로써 제가 딛고 설 수 있는 작은 바닥이 생긴 것만 같아요. 조금씩 이 바닥을 넓혀서 언젠가 여러분 모두를 초대하고 싶다는 생각을 했습니다. 언제든 기꺼이 방문하실 수 있도록 재밌는 애피타이저와 기괴하고 맛깔난 메인 디시를 준비해 두겠습니다.

끝으로, 하고 싶은 이야기를 끝까지 잘 해낼 수 있도록 도움을 주신 테오 PD님과 이번에도 큰 도움 주신 이혜정 편집자님과 이 책이 나올 수 있도록 많은 노력을 기울여 주신 안전가옥의 많은 여러분께 감사를 전합니다. 아낌없이 저를 응원해 주고 집필에 도움을 준 친구 D, S, Y, J에게도 큰 사랑을, 그리고 마지막까지 함께해 주신 독자님들께 더없는 사랑을 전합니다.

프로듀서의 말

안전가옥 쇼-트 시리즈를 꾸준히 읽어 주신 독자분들이라면, 《그분이 오신다》를 펼치기 전에 조금은 놀라시지 않았을까 생각합니다. '쇼-트 시리즈의 열다섯 번째 책인 《푸르게 빛나는》과 저자명이 같아서', 또는 '안전가옥 쇼-트 최초로 기출간된 책과 연결되는 책이라서' 등의 이유로 말입니다.

　아무쪼록 다 읽고 나신 후에도 놀라셨으면 하고 바라 봅니다. '두 권의 책이, 각각의 이야기가 상호작용하며 그 세계를 점점 키워 나가고 있다는 점이 흥미롭기 때문에', 혹은 《푸르게 빛나는》은 읽지 않았지만 《그분이 오신다》 자체만으로도 재미있어서'라는 까닭으로 말이지요.

　서론이 길었습니다. 이제야 《그분이 오신다》에 대해 마음 편하게, 명확하게 말씀드릴 수 있어 개인적으로 무척 기쁩니다. 사실 《푸르게 빛나는》과 《그분이 오신다》는 한 권의 책으로 기획된 작품집이었습니다. 네 편의 단편소설과 한 편의 엽편소설로 구성하고자 했지요. 이쯤에서 눈치채셨는지 모르겠지만, 애초의 기획이나 구성 자체는 바뀌지 않았습니다. 다만 각각의 이야기들 모두 쇼-트 한 권 분량으로 담아 내기에는 거대해졌고, 그럼에도 단단하게 여물어 갔으며, 더 넓고 깊은 세계를 보고 싶어질 만큼 뻗어 나갔습니다. 보통의 경우 고치는 과정을 통해 덜어 내는 방식을 택하게 되지만 이번에는 그럴 수 없다는 생각이 들어, 이렇게 쇼-트 두 권 분량의 이야기가 탄생하였습니다.

그러나 두 권이 단순히 순차적으로 연결되는 연작 형태가 아닌 '픽스업(Fix-up)' 방식으로 묶이기를 바랐습니다. 픽스업이란 짧은 이야기들 속 요소들이 서로 연결되어 하나의 커다란 서사, 긴 이야기를 만들게 되는 구성을 뜻합니다. 조금 더 쉽게 말하자면 '하나의 세계관을 공유하는 단편들이 유기적으로 묶여 장편의 모양새를 갖춘 소설'을 의미합니다.

그렇기에 이 책 《그분이 오신다》만 읽으신 분들이라면 꼭 《푸르게 빛나는》을 읽어 보셨으면 합니다. 《그분이 오신다》에 실린 〈런〉, 〈그분이 오신다〉를 읽고 《푸르게 빛나는》에 수록된 〈열린 문〉, 〈우물〉, 〈푸르게 빛나는〉을 순차적으로 읽어 보신다면 픽스업 소설의 개념을 분명 이해하시게 될 것이라 생각합니다. 더불어 이미 《푸르게 빛나는》과 《그분이 오신다》를 읽은 분들께서는 《푸르게 빛나는》의 첫 번째 수록작 〈열린 문〉을 다시 읽어 주시면 좋겠습니다.

그리하여 두 권에 수록된 다섯 개의 작품들이 마치 뫼비우스의 띠처럼 서로 얽히며 시작과 끝, 끝과 시작의 구분 없이 흘러가는 모습을 여러분도 직접 목격해 보셨으면 합니다.

앞으로 무궁무진하게 펼쳐질 김혜영 월드에 첫 번째로 초대된 사람이 바로 제가 아닐까 하는 생각에 자부심이 느껴질 정도로, 작가님과 함께하는 여정은 정말로 즐거웠고 때로는 황홀해하며 전율도 느꼈습니다. 부디 더욱 많은 분들이 김혜영 월드에 초대되기를 간절히 바랍니다.

감사합니다.

안전가옥 스토리 PD
윤성훈 드림

그분이 오신다

지은이	김혜영
펴낸이	김홍익
펴낸곳	안전가옥

기획	안전가옥
프로듀서	윤성훈
	김보희·신지민·이수인·이은진·임미나
퍼블리싱	박혜신·임수빈
편집	이혜정
디자인	금종각
서비스 디자인	김보영
비즈니스	이기훈
경영지원	홍연화

출판등록	제2018-000005호
주소	(04779) 서울특별시 성동구 뚝섬로1나길 5,
	헤이그라운드 성수 시작점 202호
대표전화	(02) 461-0601
전자우편	marketing@safehouse.kr
홈페이지	safehouse.kr
ISBN	979-11-91193-71-8
초판 1쇄	2022년 11월 24일 발행
초판 2쇄	2023년 05월 26일 발행
초판 3쇄	2024년 04월 30일 발행

안전가옥 쇼-트 시리즈